SUITE DU PROJET

D'UN ORDRE FRANÇOIS

EN TACTIQUE,

Pour servir de Supplément à cet Ouvrage, &
préparer à en faire usage pour le Service du Roi.

. . . . pour être approuvés,
De semblables projets veulent être achevés.

Nouvelle Edition revue par l'Auteur.

A PARIS,

Chez CHARLES-ANTOINE JOMBERT, Imprimeur-Libraire du Roi pour
l'Artillerie & le Génie, rue Dauphine, à l'Image Notre-Dame.

M. DCC. LVIII.

AVIS AU LECTEUR.

Lorsque je donnai cette suite du *Projet de Tactique*, elle fut imprimée fort à la hâte, &, pour avoir plutôt fait, on n'en tira qu'un assez petit nombre d'exemplaires. Si je n'ai pas plus de loifir aujourd'hui, mon Imprimeur en a davantage. Voyant donc que tous ceux qui ont mon Ouvrage veulent aussi cette suite, je prends le parti d'en donner une feconde Edition. Je profite de l'occafion pour y faire quelques corrections : ce n'eft pas par rapport au ftyle qui n'eft pas ici quelque chofe de fort intéreffant, d'autant plus que le mien m'a paru ne pas déplaire à la feule efpece de Lecteurs pour qui j'ai travaillé; mais comme je n'ai pas ceffé de m'occuper de mon Projet, depuis qu'il a été imprimé, il s'y eft fait encore quelques petits changemens que je ne dois pas laiffer ignorer. D'autres endroits m'ont paru demander un peu plus d'éclairciffement ; enfin il a fallu refermer quelques lacunes qui fe trouvoient dans ce petit Ouvrage, parce que je fus obligé, pendant qu'on l'imprimoit, d'en fupprimer une partie, que je ne rends pourtant point. Ceci n'eft que la *fuite* de mon Projet : je n'aurai rien de caché pour le Lecteur, fi jamais je lui en donne la *fin*.

TABLE

Art. I. *DEssein de l'Auteur. Sujet de ce Mémoire,*   1
Art. II. *Observations néceffaires,*   5
Art. III. *Additions au Projet de Tactique,*   10
§ 1. *Détails fur la compofition & la formation de la Pléfion,*   idem.
§ 2. *Sur l'univerfalité que j'attribue à la Pléfion,*   19
§ 3. *Sur ce qu'on pourroit attribuer la force de la Pléfion uniquement aux Grenadiers à cheval, & croire que le Bataillon peut fe donner le même avantage,*   21
§ 4. *La profondeur de la Pléfion n'eft point outrée,*   23
§ 5. *Pléfion combattant en même temps de front & par le flanc,*   24
§ 6. *Sur les Intervalles,*   25
§ 7. *Sur la légéreté,*   26
Quelle eft la vîteffe de la Pléfion.   idem.
Pourquoi bien des gens croient la colonne pefante,   28
La Pléfion eft tout au moins auffi légere que le Bataillon. Démonftration,   29
Expériences contraires rejettées. Pourquoi,   idem
A vîteffe égale de Pléfion à Bataillon, le nouveau fyftéme auroit encore bien de l'avantage en vîteffe,   30
§ 8. *Simplicité, facilité, & petit nombre des mouvemens néceffaires à la Pléfion,*   31
§ 9. *Feu,*   33
La Pléfion n'eft point propre à la moufqueterie,   id.
Réponfe à cette objection,   idem.
Principes fur les difpofitions de moufqueterie,   idem.
Feu de ligne,   36
Feu de manchettes,   38
Le nouveau fyftéme fupérieur en moufqueterie,   40

§ 10. *Feu de l'Ennemi,* idem.

*La mousqueterie n'est pas à craindre pour la Plé-
sion,* idem.

*Le canon fera moins de mal aux Plésions qu'à
l'ordre ordinaire,* 41

*Quand il leur en feroit davantage, ce ne seroit pas
une raison suffisante pour rejetter ce système,* 42

§ 11. *Réponse à la* meilleure *objection qu'on m'ait faite,* 44

§ 12. *Je n'ai pas dit tout ce que j'aurois pu dire en faveur
de ce système,* 47

Art. IV. *Comparaison de ce système avec celui du Chevalier de
Rostaing,* 48

§ 1. *Composition de la Légion. Ses avantages. Parallele avec les Plésions,* idem.

§ 2. *Des principes de Tactique,* 50

§ 3. *Fonds du Système du Chevalier de Rostaing,* 51

§ 4. *La Plésion tient lieu des trois ordres du Chevalier
de Rostaing,* 52

§ 5. *Nouvelles preuves que la colonne doit être l'ordre
habituel,* 55

1. *L'ordre habituel doit être celui qui convient
aux armes blanches,* idem.

2. *L'ordre habituel doit être le plus fort,* 56

3. *L'ordre habituel doit n'avoir aucune partie
foible,* 58

4. *L'ordre habituel doit avoir un fort petit front,* idem.

5. *L'ordre habituel doit être celui dont l'usage
est le plus fréquent,* idem.

*La colonne est l'ordre dont l'usage est le plus
fréquent,* idem.

*Preuves que la colonne est l'ordre dont l'u-
sage est le plus fréquent, par les différentes
dispositions que donne le Chevalier de R. lui-
même,* 59

6. *L'ordonnance habituelle doit être la plus lé-*

vj TABLE

gere, la plus mobile, & la plus propre aux
grandes manœuvres,   61
Toute autre troupe que des Pléfions de profeffion ne réuffira pas fi bien qu'elles en colonnes,   62
§ 6. Obfervations fur les colonnes du Ch. de R.   63
§ 7 Armement,   66
§ 8. Du Feu,   67
§ 9. Marche & mouvemens,   69
§ 10. Conclufion,   72
Art. V. Fragment. Balance des raifons pour & contre le nouveau
fyftéme,   73
Art. VI.   78
§ 1. Raifons de faire l'expérience du nouveau fyftéme,
                                                        idem.
§ 2 Quelques idées fur l'expérience propofée,   80
§ 3. Quelques corps habituellement en Pléfions feroient
fort utiles dans une Armée,   84
§ 4. Des raifons qu'on peut oppofer à l'expérience propofée,   87

AVIS AU RELIEUR.

La Planche qui accompagne ce Mémoire, doit regarder la page 16.

FAUTES A CORRIGER.

Page 8 *ligne* 8 , elles feroient, *lifez* ce feroit être.
Pag. 14 *lig.* 2 , de le ramener, *lifez* de l'y ramener.
Pag. 55 *ligne* 24, de plufieurs fiecles, *lifez* de tous les fiecles.

SUITE DU PROJET

D'UN ORDRE FRANÇOIS EN TACTIQUE.

ARTICLE PREMIER.

Deſſein de l'Auteur. Sujet de ce Mémoire.

Lorsque je travaillai ſur un ſyſtême qui me paroiſſoit bon, pour tâcher de le rendre encore meilleur, mon ambition ne ſe borna point à l'honneur de tenir place dans une bibliotheque. Moins Auteur que Citoyen, j'enviſageai un objet plus grand & plus noble, le ſeul ſuccès qui ſoit digne d'une plume militaire. Pour remplir de pareilles vues, & rendre les Pléſions utiles à la France, il falloit commencer par la convaincre de leur ſupériorité; & ne pouvant renfermer les preuves dans les bornes d'un Mémoire, je pris le parti de les publier. Cette premiere démarche a réuſſi fort au-delà de mon eſpérance, & un Auteur inconnu, qui de but en blanc attaquoit la méthode de toute l'Europe, ne devoit pas trouver tant d'indulgence, ſurtout n'ayant pas l'air d'en demander. Encouragé par ce premier ſuccès à pourſuivre mon entrepriſe, & par les circonſtances préſentes à n'y point perdre de temps, j'ai cru devoir aujourd'hui, non ſeulement tâcher de faire goûter ce ſyſtême de plus en plus, mais encore preſſer ceux qui en ont déja pris ou en prendront bonne idée, d'en faire uſage pour le ſervice du Roi.

Je prie le Lecteur de ne point s'ennuyer de ce que dans preſque tout ce Mémoire, je continuerai de ſoutenir le ſyſtême dans toute ſon étendue, donnant même quelquefois des détails qui ſemblent fort inutiles ſi on ne l'adopte très-pleinement. Je ſçais bien que ce n'eſt pas comme cela qu'il faut s'y prendre;

A

que les baſtions ſeroient encore dans l'inutilité de la ſpécula-
tion, ſi les inventeurs s'étoient d'abord fixés & opiniâtrés à
perſuader aux Puiſſances de renverſer toutes les tours de leurs
Fortereſſes, pour y ſubſtituer ces nouveaux ouvrages ; & que,
pour expulſer les mouſquets, il fallût pendant pluſieurs années
que les fuſils ſe contentaſſent d'obtenir une petite place à côté
d'eux. Auſſi, dans le dernier article de ce Mémoire, les Pléſions
compoſeront-elles avec les Bataillons, renonçant je ne ſçais pour
combien de temps à une partie de leurs prétentions. Juſques-là
il me ſemble que j'ai dû & dois encore dire ce que je penſe, &
donner ce que j'ai, ſauf le droit du Lecteur d'en prendre & laiſſer
ce qu'il jugera à propos.

Avant d'entrer en matiere je crois devoir rendre compte en
peu de mots des différentes parties de ce petit Ouvrage, & des
raiſons que j'ai eues de les y faire entrer.

Il n'appartient pas au Public, mais ſeulement à un aſſez petit
nombre de particuliers, de donner à un pareil projet l'eſpece
d'attention néceſſaire pour en juger comme il faut, de l'examiner ſans aucune ſorte de prévention, d'avoir l'équité de ne
pas le rendre reſponſable des fautes de ſon Auteur ; enfin de
mettre à leur juſte valeur les raiſons qu'on pourroit lui oppoſer.
Cependant il eſt preſque impoſſible que ceux à qui il appartient
de l'admettre ou de le rejetter, n'aient beaucoup d'égard aux ju-
gemens du Public : c'eſt pourquoi j'ai cru néceſſaires quelques
réflexions qu'on verra dans l'article ſuivant.

Mon Ouvrage ne peut pas être auſſi préſent à tout le monde
qu'à moi-même. Il eſt donc bon d'appuyer encore un peu, du
moins ſur les points les plus eſſentiels & les plus conteſtés,
donnant de nouveaux éclairciſſemens & de nouvelles preuves,
ajoutant quelques réponſes aux objections qu'on me fera le
plus, enfin entrant dans des détails que je n'avois pas cru fort
néceſſaire de donner d'abord, qui mettront ce ſyſtême dans
un plus grand jour, & que l'on aimera ſans doute mieux voir
que de les ſuppoſer. Ces objets feront la matiere du troiſieme
article : j'irai vîte & ne m'arrêterai qu'au plus néceſſaire. C'eſt
pourquoi je prie le Lecteur de ne pas oublier que cet article ſert
de ſupplément à mon Ouvrage, mais qu'il n'en tient pas lieu.
J'ai même évité, autant que j'ai pu, de répéter ce que j'avois dit

ailleurs. Il ne faut donc pas fur ce feul fragment juger la totalité du projet.

Pour prouver la fupériorité du fyftême que j'ai propofé, je l'ai comparé, autant que je l'ai cru néceffaire, à tous ceux que je connoiffois : mais pendant que je travaillois, le Chevalier de Roftaing perfectionnoit celui qui avoit paru dans le Traité des Légions, attribué au Maréchal de Saxe. Il n'eft plus queftion aujourd'hui de ce projet qui n'a jamais été imprimé, je crois même qu'il n'en feroit pas queftion davantage, quand nous n'aurions pas perdu fon Auteur. Il eut pourtant un très-grand fuccès : les démarches que l'on fit en conféquence en font la preuve ; & s'il n'eut pas celui qu'il devoit avoir, c'eft fans doute uniquement parce que le Chevalier de Roftaing ne prit pas la feule voie qui pût l'y mener. Quoi qu'il en foit, le plan que j'ai fuivi demande, pour un nouveau fyftême de Tactique, un nouvel examen ; & puifque je n'abandonne pas le mien pour me ranger à celui-ci, il tombe à ma charge de prouver que les Pléfions valent encore mieux.

Comparant * donc, dans le quatrieme article, mon projet à celui du Chevalier de Roftaing, je ferai voir une conformité finguliere entre les deux, & par l'examen des différences qui les féparent, je prouverai qu'elles font à l'avantage des Pléfions, qui font par conféquent fupérieures même aux Légions. Et comment prouverai-je cela ? prefque toujours par le Chevalier

---

* Si, quand j'ai fait cette Suite du *Projet de Tactique*, j'avois connu les *Rêveries* du Maréchal de Saxe, c'eft dans cet Ouvrage, & non dans celui de Roftaing, que j'aurois examiné le fyftème des Légions. Je n'ai pas le temps de faire actuellement cette nouvelle comparaifon ; mais quiconque en prendra la peine, verra aifément, 1°. que, felon nos principes admis également par tous les trois, le fyftême du Maréchal doit être fupérieur à celui du Chevalier : 2°. que les Légions du Maréchal fe rapprochent encore beaucoup davantage des Pléfions, s'en approchent même à un point fingulier, quoique cela ne frappe pas au premier coup d'œil. En effet le Maréchal, non content d'autorifer tous les principes de mon fyftême, & ter-

raffer toutes les objections qu'on lui pourroit oppofer, donne pour regle la compofition des Pléfions, puifque fes Centuries de 200 hommes, formées le plus fouvent à 8 de hauteur, font entiérement femblables à nos fections. L'arrangement habituel de ces parties, n'eft pas le même chez lui ; mais cette différence des deux ordonnances n'eft pas fi réelle qu'elle le paroît. Toutes les fois que les Pléfions voudront s'étendre, elles fe trouveront dans l'ordre habituel du Maréchal ; toutes les fois que fa Légion voudra fe refferrer, elle fe trouvera dans l'ordre habituel des Pléfions. Les deux fyftêmes, en même circonftance, manœuvreront donc le plus fouvent de la même maniere ; en un mot n'en font proprement qu'un feul.

A ij

de Roſtaing lui-même, qui auroit fort bien pu être de mon avis. Je le dis de la meilleure foi du monde. Je ne doute pas que ce parallele ne ſoit regardé comme une de mes plus fortes armes, par un Miniſtre qui avoit ſenti combien ce projet méritoit d'attention, s'étoit porté à en faire l'expérience, enfin avoit témoigné à l'Auteur, par les faveurs les plus marquées, combien il étoit content de ſes travaux.

Je ne dirai rien ici du cinquieme article, dont il ne reſte qu'un fragment, qui pourroit étonner la critique : dans le ſixieme & dernier, je propoſerai de faire l'expérience du nouveau Syſtême, faiſant remarquer combien elle eſt facile & peu dangereuſe, & quel eſt le nombre & la force des raiſons qui doivent y déterminer ; je donnerai * enſuite quelques idées ſur la maniere de la faire ; je prouverai que les moyens que je propoſe ſont utiles par rapport à eux-mêmes, & qu'indépendamment de l'expérience, on en tireroit des avantages actuels, qui ſeuls ſuffiroient de reſte pour déterminer à les employer ; enfin je répondrai aux raiſons qu'on pourroit oppoſer à ma propoſition.

J'ai fait ce Mémoire le plus court que j'ai pu, afin que ceux mêmes qui ſont le plus chargés d'affaires, puſſent entreprendre de l'examiner. Cette briéveté que j'ai dû me preſcrire, m'a ſouvent empêché de m'étendre autant que le demandoit l'intérêt des Pléſions : mais j'eſpere que le Lecteur voudra bien y ſuppléer, & quelquefois leur tenir compte de ce que j'aurois pu ajouter. Malgré l'envie que j'avois d'abréger, je n'ai pu entiérement me diſpenſer de dire choſes que l'on avoit vues dans le projet de Tactique : mais je ne l'ai jamais fait que par néceſſité, & pour de bonnes raiſons. D'ailleurs cela ne m'eſt pas arrivé aſſez ſouvent, pour ennuyer beaucoup ceux mêmes à qui cet Ouvrage ſeroit le plus préſent.

---

* Ce n'eſt que quelques idées en effet ; & je n'ai pas dit tout, à beaucoup près, quoique, par une eſpece de miracle, le public n'ait pas deviné le reſte.

ARTICLE II.

Observations néceſſaires.

I.

Sɪ on attend, pour mettre en œuvre le ſyſtême que j'ai propoſé, qu'il ſoit généralement préféré à celui qui eſt en uſage,
ou ſeulement qu'il ait pour lui la pluralité des voix, j'ai fait
l'horoſcope des Pléſions, on ne les verra que ſur le papier.
Que de choſes conſpirent à les priver des ſuffrages auxquels
elles pourroient prétendre ?

2.

Une bonne raiſon pour que peu de gens préferent le nouveau ſyſtême, c'eſt que très-peu prendront la peine d'examiner s'il eſt préférable, & que la plûpart laiſſant là le fonds du
Projet, ne s'occuperont que du détail de l'ouvrage, & le liront
comme un eſſai ſur l'Art de la Guerre ; les uns, faute d'avoir
ſaiſi l'idée de l'Auteur, les autres, parce qu'ils l'auront regardée
comme l'incartade d'un Folardiſte outré, & en conſéquence
rejettée dès la premiere page. Ceux-ci, après avoir parcouru
l'ouvrage, s'ils en ſont contens, diront que cela eſt bon ; mais
qu'il y a du ſyſtême. C'eſt un grand défaut en effet, ſurtout
dans le Projet d'un nouveau ſyſtême de Tactique.

3.

On convient aſſez généralement, que *notre Nation ſingu-
liérement avide des nouveautés dans les matieres de goût, eſt
au contraire, en matiere de ſcience, fort attachée aux opinions
anciennes.* Les plus avancés en âge, en qui ces opinions ont
jetté de plus profondes racines, ne peuvent guere manquer
d'être ceux qui y tiennent le plus. Il n'y a parmi eux d'exempts
de cette ténacité, que ceux que la ſupériorité de leurs lumieres met au deſſus de la prévention, & au niveau de la vérité.

Il est vrai qu'il ne faut pas beaucoup de suffrages de cette espece, pour donner bonne idée d'un projet.

4.

L'opposition à toutes nouveautés a été capable de faire admettre un principe bien singulier, c'est qu'il faut cent raisons
pour introduire un nouvel usage, & qu'il n'en faut qu'une pour
le rejetter. N'est-ce pas comme si l'on disoit que l'avantage
des années vaut quatre-vingt-dix-neuf bonnes raisons ? Quel
Art se seroit perfectionné, si l'on s'étoit avisé plutôt d'un tel
principe ?

5.

Celui qui rejettera le système ne trouvera certainement pas
mes raisons aussi mauvaises, que les trouvera bonnes celui qui
l'admettra.

6.

Si quelqu'un peut être soupçonné de prévention, ce n'est pas
celui qui sera pour le nouveau système. Ce n'est pas de lui
qu'on pourra penser qu'il a cédé au torrent de l'habitude, &
n'a pas porté le même jugement qu'il auroit porté, si les Plésions & les Bataillons avoient été de même date.

7.

Deux Sectes partagent le monde militaire. La premiere croit,
comme les Anciens, qu'il faut porter sa principale attention
sur l'arme blanche, & autant qu'on le peut, aller à la charge,
cette façon de combattre étant généralement la meilleure, &
de plus celle qui convient particuliérement au caractere de la
Nation. Ceux qui sont de cet avis pensent en conséquence,
que la hauteur des files est un avantage, & la trop grande étendue du front un défaut. L'autre Secte, au contraire pleine
d'estime pour le feu, ne croit pas qu'il soit fort possible d'a-
border une troupe ennemie qui attend de pied ferme en tirant, & en conséquence portant toute son attention sur la
mousqueterie, regarde la profondeur comme un défaut. On

fent bien que celle-ci, qui au refte compte parmi fes membres des gens d'un mérite diftingué, n'aura garde de goûter mon Projet.

8.

Il y a peu de Lecteurs qui ne fe préviennent contre les idées d'un Auteur qui a le malheur de leur déplaire; & fouvent il ne faut pour cela qu'un ton un peu trop décidé, qu'on pourroit bien me reprocher, & qui en effet me fiéroit plus mal qu'à perfonne, fi dans un ouvrage de cette efpece on ne devoit parler

> . . . . avec la liberté
> D'un Soldat qui fçait mal farder la vérité.

La modeftie, dit Bacon, *eft une vertu dans la morale & dans le commerce de la vie : mais en matiere de connoiffances, l'amour de la vérité tient la place de toutes les vertus.* Et comment faire le modefte dans ce Mémoire, par exemple, qui eft fait uniquement pour prouver que mon Projet eft excellent, & qu'il eft de la plus grande importance d'en faire ufage ? Ofant propofer un nouveau fyftême de Tactique, ne tomboit-il pas à ma charge d'ofer dire, &, qui pis eft, prouver qu'il eft *bon*, & que celui qui eft en ufage eft *mauvais ?* Si jamais je parle de moi, je ferai fi modefte qu'on voudra : parlant de mon Projet, je ne le puis en confcience.

D'ailleurs, pour perfuader ceux pour qui j'écris, le moyen le plus fûr eft de les convaincre : ils ne veulent que de bonnes raifons. Sans donc prendre trop de peine à entortiller les miennes de ménagemens continuels, j'ai cru devoir les préfenter, autant que je pouvois, dans toute leur force, dans tout leur jour, en un mot toutes nues : c'eft la parure de la vérité. Tel qui trouvera que j'aurois pu prendre un ton moins décidé, à la tête d'un corps de Pléfions, attaqueroit avec mépris des ennemis fupérieurs. Cela feroit-il donc plus modefte ?

9.

Puifque de ceux qui liront mon Ouvrage, les uns rejetteront,

ou du moins ne goûteront pas ce fyftême, faute de l'avoir en-
vifagé, les autres parce qu'il eft nouveau, d'autres parce qu'il
eft contraire à la bonne opinion qu'ils ont de la moufqueterie,
d'autres enfin, parce que je n'ai pas pris les précautions néceffaires pour leur plaire, il eft certain qu'il faut ici vingt oppo-
fitions pour faire la monnoie d'un fuffrage. Si les Pléfions ont
la dixieme partie des voix, c'eft pluralité ; fi elles en avoient
le quart, elles feroient admifes par acclamation.

10.

Je ne ferai pas le premier, fi je fuis dans le cas, qui, foute-
nant une bonne thefe, ait employé quelquefois de mauvaifes
raifons, & joint à des démonftrations des paralogifmes. Il eft
donc fort inutile d'élever une batterie d'objections contre quelqu'une des preuves que j'ai entaffées : cela ne ruinera pas l'é-
difice, & ne détruira ni la force des autres, ni la bonté du fyftême. Quand on me fera voir que j'ai mal à propos promis tel
avantage aux Pléfions, qu'en réfultera-t'il ? Qu'elles ont cet
avantage de moins fur les Bataillons ; & non pas apparemment
que les Bataillons ont quelque avantage fur elles, ou qu'elles
n'en ont plus aucun fur eux.

Mais je veux qu'on me faffe directement, contre le fonds de
mon fyftême, une objection à laquelle je ne puiffe répondre
d'une maniere affez fatisfaifante. Qu'en peut-on conclure encore, jufqu'à ce qu'on ait répondu du moins à une vingtaine de
celles que j'ai faites contre le fyftême accoutumé ?

J'ai affez appuyé fur ce point dans les derniers Chapitres de
mon Ouvrage, pour ne pas beaucoup m'y arrêter ici. Je me
bornerai donc à deux ou trois petites obfervations.

Il n'y a pas la centieme partie de mes Lecteurs à qui je ne
puffe prouver la fupériorité du fyftême, par les feules preuves
qu'ils admettront. En vain l'on rejettera les trois quarts de
l'Ouvrage : fi on paffe le refte, la préférence demeure établie,
à moins qu'on ne faffe voir dans les Pléfions des défauts égaux
à ceux qu'on reconnoîtra dans les Bataillons, & dans ceux-
ci des avantages comparables à ceux qu'on admettra dans les
Pléfions.

Je

ARTICLE II.

Je suppose, par exemple, qu'un Lecteur admette que la Pléfion chargeant de front eft sûre de renverfer le Bataillon, & qu'au moyen de fes pelotons, de fa légéreté, & furtout de la facilité de marcher en tout fens, elle eft sûre de ne combattre jamais autrement que de front : deux points qui, par parenthefe, me paroiffent auffi bien démontrés qu'aucune autre propofition de Géométrie. Je fuppofe encore que le Lecteur trouve tout le refte de l'Ouvrage pitoyable. D'après ces deux feules preuves, n'eft-il pas forcé de reconnoître la fupériorité du fyftême ?

Rien n'eft fi plaifant, felon moi, que de voir Savornin fe creufer la cervelle à chercher de mauvaifes objections contre la colonne, après avoir reconnu que ni la Cavalerie, ni l'Infanterie ne peuvent l'entamer, qu'elle ne craint pas plus le feu que l'arme blanche, qu'elle eft en état de rompre tout corps qui ne combattra pas dans les mêmes principes, & cela partout terrein, foit plaine, foit pays fourré, &c.

II.

J'ai donné un corps de preuves, il faut un corps de réfutation, fi on veut réfuter ; les petites objections détachées ne doivent être regardées tout au plus que comme des nuages, que diffipera le grand jour de l'expérience : il en eft même auxquelles on ne peut répondre autrement. A l'égard des critiques vagues, verbales, ignorées de plus par l'Auteur à qui elles s'adreffent, qui, felon toute apparence, deviendront affez communes, fi la Cour paroît fe porter à faire quelque ufage du nouveau fyftême : je n'y répondrai pas fans doute ; mais il faut efpérer qu'on n'y fera pas beaucoup d'attention.

ARTICLE III.

ADDITIONS AU PROJET DE TACTIQUE.

§ I.

Détails sur la composition & la formation de la Plésion.

J'ai déterminé dans mon second Chapitre la force, les dimensions & les divisions de la Plésion, autant que je l'ai cru nécessaire pour l'intelligence du systême & de ses preuves. Mais je pense qu'il ne sera pas inutile, avant d'aller plus loin, d'entrer dans un détail qui ne laisse rien à desirer sur cet article.

Chaque Brigade sera composée de deux Régimens, chaque Régiment de trois Plésions, chaque Plésion de huit Compagnies.

Il y aura dans chacune de ces Compagnies, 1 Centurion, 1 Capitaine, 1 Lieutenant, 1 Sous-Lieutenant, 1 Capitaine d'Armes, 4 Sergens, 8 Décurions, 8 Caporaux, & 75 Soldats, en tout 100 hommes. Chaque Compagnie se mettra en bataille sur 12 de front & 8 de hauteur. On les joindra deux à deux pour former les sections, de maniere que la Plésion aura 2 Compagnies de front & 4 de hauteur. Tous les Officiers seront dans les rangs, comme on voit par la planche ci-jointe, excepté l'Etat Major, & les Centurions qui seront aux flancs de leurs troupes : il y aura de plus dans chaque section un Enseigne.

On voit, par cet arrangement, que lorsque la troupe sera complette, il y aura par Plésion 28 Surnuméraires qui n'auront point de place dans les rangs : ils serviront pour la garde de l'équipage, & le service du canon ; ou bien on les joindra, dans le combat, à quelqu'une des troupes détachées dont nous allons parler.

Outre les huit Compagnies qui forment le corps de la Plésion, il y aura pour chacune une Compagnie de Grenadiers * à pied, compofée d'un Centurion, 1 Lieutenant, 1 Sous-Lieutenant, 1 Capitaine d'armes, 2 Sergens, 4 Décurions, 4 Caporaux, & 38 Grenadiers.

Il y aura de plus, à la fuite de chaque Pléfion, une Compagnie d'armés à la légere, compofée d'un Capitaine, 1 Lieutenant, 1 Sous-Lieutenant, 2 Sergens, 4 Décurions, 4 Caporaux, & 40 Fufiliers. Enfin chaque Pléfion aura encore une Compagnie de Grenadiers à cheval, compofée d'un Capitaine, 1 Lieutenant, 1 Maréchal des Logis, 2 Brigadiers, 2 Sous-Brigadiers, & 44 Grenadiers.

Le premier Centurion fera nommé Tribun, & commandera la Pléfion : le fecond fera nommé Tribun en fecond, & en commandera la moitié, lorfqu'elle fe féparera par manches ou par pléfionnettes.

L'Etat Major de chaque Régiment fera compofé d'un Colonel, 1 Lieutenant-Colonel, 1 Major, 3 Aide-Majors, 3 Sous-Aide-Majors.

Un Régiment de 3 Pléfions, y compris l'Etat Major & les Grenadiers à pied & à Cheval, fera donc de 2889 combattans, fans compter les inftrumens dont il n'eft pas néceffaire de parler ici.

J'ai divifé la Pléfion en deux *manches*, la coupant par le centre du front. Je l'ai divifée encore, la coupant parallélement au front, en 4 *fections*, qui ont par conféquent chacune 24 de front & 8 de hauteur. Enfin je l'ai divifée en 2 *pléfionnettes*, formées chacune de deux fections jointes enfemble. A ces 3 divifions j'en ajouterai ici deux nouvelles : chaque manche coupée en deux, donne les *manchettes*, à 6 de front, 32 de hauteur : la Pléfion coupée en croix donne 4 *manipules*, chacune defquelles a 12 de front, 16 de hauteur, étant formé par 2 Compagnies à la queue l'une de l'autre. On verra bien-

* Dans le Projet de Tactique, la Compagnie de Grenadiers à pied, étoit de cent hommes comme les autres. Penfant depuis, que c'étoit bien des Grenadiers pour une troupe de la force de la Pléfion, & que cela lui feroit un peu à charge, je diminuai de moitié cette Compagnie, dans la premiere édition de cette fuite ; & pour avoir toujours le même nombre de Fufi- liers détachés, je remplaçai cette moitié par un piquet tiré de la Pléfion. Enfin toutes réflexions faites, j'ai pris le parti de fubftituer à ce piquet, qui ne vaudroit pas grand'chofe, une Compagnie d'armés à la légere, qui fera, fans comparaifon, plus utile. Je ne conçois pas même par quel accident il m'a fallu tâtonner pour en venir là.

tôt l'ufage de ces deux divifions. J'avoue cependant que la derniere fervira rarement.

La Pléfion a trois manieres de fe former. La premiere, que
j'appelle *en bataille*, eft lorfque les rangs font ferrés dans chaque fection, mais qu'il y a 2 ou 3 pas d'intervalle entr'elles,
& le double entre la feconde & la troifieme : on voit la Pléfion dans cet état fur la planche ci-jointe. La feconde maniere que j'appelle *en Phalange*, eft lorfque toutes les fections font ferrées l'une contre l'autre, pour ne faire qu'une
maffe, comme dans la premiere planche du Projet de Tactique. La troifieme enfin eft, lorfque la Pléfion a tous les *rangs
ouverts*.

Raifons de
cet arrange-
ment.

Cette compofition de la Pléfion eft trop finguliere & trop
différente de la conftitution préfente des troupes, pour que je
puiffe me difpenfer d'en rendre raifon, autant que cela fe peut
faire fans trop alonger ce mémoire.

Pourquoi la
Pléfion de cet-
te force.

Je mets la Pléfion à 24 de front, 32 de hauteur, 768 hommes, comme je l'ai formée dans le Projet de Tactique, parce
que ces nombres m'ont paru les meilleurs & les plus com-
modes : je ne crois pas qu'on la trouve trop forte, puifque la
colonne de l'Ordonnance du Roi l'eft encore davantage. Des
Pléfions de 18 de front, & 32 ou même 28 de hauteur, feroient bien fûres de battre lés Bataillons qu'elles chargeroient ;
mais pour peu qu'elles fuffent diminuées dans le cours de la
campagne, elles ne feroient guere capables de fe féparer dans
le combat par manches ou par pléfionnettes, pour augmenter
le défordre de l'ennemi, & embellir leur victoire.

A ce propos de diminution dans les Pléfions, j'obferverai
en paffant, que quand il leur manquera des hommes, on ré-
duira à 7 ou même 6 rangs, la hauteur des fections. Si cela ne
fuffit pas, on ôtera une ou deux files dans chaque manche,
mais on ne touchera plus à la profondeur.

Des Tribuns.

N'ayant point de Bataillons, nous n'avons point de Commandans de Bataillon. Cela eft tout naturel. Je les remplace
par des Tribuns, & j'en mets deux, afin d'en avoir un à la tête
de chaque moitié de la Pléfion lorfqu'elle fe fépare. Je crois cet
arrangement fort bon pour plufieurs autres raifons.

1°. Qu'un Commandant de Bataillon foit hors de combat,

souvent le Capitaine de Grenadiers ne peut ou ne veut quitter
sa Compagnie pour prendre le commandement du Bataillon.
Ayant un Tribun en second, la place la plus considérable
sera toujours occupée par l'Officier le plus ancien, & ne tom-
bera point, au milieu d'une action, entre les mains d'un homme
pour qui le Commandement est quelque chose de tout neuf.
Les Romains, pour cette seule raison, mettoient deux Capitaines dans chaque Compagnie. C'est Polybe qui nous l'ap-
prend.

2°. La trop grande quantité d'Officiers d'égal caractere, si
soigneusement évitée par les Anciens & par les Etrangers, est
assez généralement reconnue pour un défaut dans la constitu-
tion présente des troupes. Le Maréchal de Puységur surtout, a
beaucoup appuyé sur ce point. Ce défaut ne se trouve point
dans la Pléfion, puisqu'à chaque flanc il n'y a que quatre
Officiers principaux, aux ordres d'un desquels sont les trois
autres. Tout est sous les yeux, sous la voix, sous la main d'un
de ces deux Commandans ; & comme le second est entiérement aux ordres du premier, tant que la troupe est ensem-
ble, cela ne fait point duplicité de chefs, & ne cause aucune
confusion.

3°. La Pléfion se séparant par manches ou par pléfionnettes, si une de ces parties étoit commandée par un simple
factionnaire, il faudroit aussi qu'il commandât le Capitaine
de Grenadiers, son ancien, si ce dernier se trouvoit dans le peloton qui l'accompagne ; car il faut toujours que les petites
troupes soient aux ordres des grandes. Je sçais que ce cas n'ar-
riveroit pas souvent ; mais il ne laisseroit pas d'arriver quelquefois.

4°. L'emploi de Centurion des Grenadiers à pied, est fati-
guant, & demande de bonnes jambes : cet Officier sera plus
alerte dans les Pléfions, où il a encore quelques grades à parcourir, que si une partie de ces grades n'existant point, il
parvenoit plus tard à ce poste.

5°. L'Officier qui, après avoir été premier Centurion dans
la Pléfion, l'est des Grenadiers à pied, puis devient Capitaine
de Grenadiers à cheval, restant long-temps hors de cette
troupe, & faisant un métier tout différent, perd un peu de

vue fes manœuvres perfonnelles. Il eft donc bon, avant de lui
en confier une, de le ramener quelque temps à la feconde
place.

6°. Rien n'eft plus propre à encourager l'émulation des
Officiers, & les attacher au fervice, qu'une multitude de grades qui leur préfente à chaque inftant quelque avancement
très-prochain.

Des Centu-
rions.
Il m'a paru néceffaire pour le commandement & la manœuvre, & même par rapport à la paie, que les Compagnies fuffent de 100 hommes dans la Pléfion. J'aurois pu appeller à
l'ordinaire le premier Officier de chacune, Capitaine, donnant
d'autres noms aux autres grades : mais comme avant de fuccé-
der aux Bataillons, les Pléfions ferviront avec eux, il falloit
les mettre au pair. Les feconds Officiers des Centuries de la
Pléfion, ne font pas moins avancés dans leur corps, que le font
dans le Bataillon tous les Capitaines qui n'ont pas paffé le centre, & commandent 50 hommes auffi bien qu'eux. Je n'allois
donc pas en faire un grade inférieur. J'aurois pu à la vérité les
appeller Capitaines en fecond ; mais ç'eût encore été une différence entr'eux & les Capitaines des Bataillons, qui auroient
cru leur faire grace en roulant avec eux, tandis que dans la
Pléfion cela auroit mis trop d'égalité entre ces Capitaines en
fecond & les premiers Officiers des Compagnies. Enfin ce
nom de Capitaine en fecond eft une périphrafe, & ne fert que
faute d'autre. Il eft donc meilleur & plus fimple d'appeller nos
feconds Officiers Capitaines, & les premiers Centurions. J'ai
choifi ce nom, ainfi que celui de Tribun, aimant autant en
prendre d'anciens que d'en forger de nouveaux : l'un & l'autre
font bons, & reparoiffent avec leur premiere fignification.

Du Capitai-
ne d'Armes.
Le grade de Capitaine d'Armes eft encore quelque chofe de
nouveau dans l'Infanterie Françoife. J'ai cru qu'il étoit bon,
furtout dans des Compagnies fi nombreufes, que les Soldats
euffent à efpérer quelque chofe de plus que la place de Sergent. Cela leur donnera plus d'émulation, & les intéreffera
pour une nouvelle conftitution de troupes dans laquelle ils
trouvent de l'avantage. Ces bas Officiers, choifis fur les Sergens, ne peuvent être que fort bons & fort utiles. Le Maréchal de Puyfégur a propofé de pareils grades, qu'il appelle

Aide-Majors de Compagnie. Les Compagnies de Marine ont des Capitaines d'Armes : j'ai toujours entendu dire aux Officiers qu'ils s'en trouvent fort bien.

Voici encore un grade particulier aux Pléfions. Voulant établir dans cette ordonnance la gradation de commande-ment qui étoit chez les Grecs & les Romains, & qu'on defi-reroit chez les Modernes, j'ai divifé chaque Compagnie en deux cinquantaines, chacune de quatre rangs de Compagnie, commandées fpécialement l'une par le Capitaine, l'autre par le Lieutenant ; chaque cinquantaine en deux tranches, com-mandées chacune par un Sergent ; chaque tranche en deux Décuries ou rangs de Compagnie ; enfin chaque Décurie en deux efcouades qui ne font que de fix hommes. J'appelle Décurion le bas Officier qui commande une Décurie, afin qu'il ne perde pas de vue non plus que les Soldats qui font à fes ordres, que la Décurie forme un petit corps dont il eft le chef ; ce qui fervira en même temps aux autres divifions. Le Caporal, par exemple, ainfi que les Soldats qui dépendent de lui, fçauront qu'il n'eft pas moins chef de fon Efcouade, que le Décurion de fa Décurie. D'ailleurs, quoique fort en-nuyé de noms nouveaux ou renouvellés, qui me donnent l'air d'affecter un langage inconnu, j'avoue qu'ici je n'ai point été fâché d'en employer d'autres que ceux qui étoient en ufage, croyant tout au moins inutile de conferver les mêmes, tandis que je donne des fonctions & une autorité fort différentes.

Des Décu-rions.

Je pourrois fans doute me difpenfer de traiter ce point dans ce Mémoire, quoiqu'il ne foit pas auffi indifférent qu'il pour-roit le paroître. Mais fi je n'ai voulu rien omettre de ce qui peut contribuer au bien de la chofe, du moins je m'arrê-terai peu fur un objet que bien des Lecteurs, apparemment très-profonds, ne manqueroient pas de trouver frivole & puérile.

De la Mufi-que.

Toutes les Nations qui ont fait la guerre ont eu une Mufi-que Militaire bonne ou mauvaife. On regardoit, dans les premiers temps, comme fon feul avantage, celui d'animer dans le combat : *Ære ciere viros, martemque accendere cantu.* Lorfque l'on vint à faire la guerre plus habilement, les inf-trumens fervirent de plus à commander les manœuvres, fur-

tout dans les cas où la voix ne peut se faire entendre. Bientôt même on oublia presque entiérement leur premier usage,
qui pourtant méritoit de n'être pas négligé. La Musique Militaire étant plus ou moins parfaite, selon qu'elle remplit mieux
ou plus mal ces deux points de sa destination, il est certain
qu'elle ne fut jamais si mauvaise qu'elle l'est aujourd'hui.
Nous n'avons que le tambour dont la monotonie n'est guere
propre à rendre les différens commandemens, de maniere
qu'on ne puisse s'y méprendre, ni à écarter les idées sombres
qui précedent l'épouvante, & donner au Soldat une vivacité
& une gaieté qui augmentent l'effet de la valeur, & présagent
la victoire.

Je voudrois donc, dans les Plésions, peu de tambours, & j'y
joindrois d'autres instrumens plus vifs & plus gais, comme des
Cors * & des Hautbois. Alors il seroit fort aisé de commander toutes les manœuvres par des sons bien distingués, & carac-
térisés de façon qu'on ne pourroit pas ne les point entendre.
Par exemple, il seroit établi une fois pour toutes, qu'une
manœuvre commandée par les Cors se feroit à droite, &
qu'elle se feroit à gauche, quand elle seroit commandée par
les Hautbois. La charge ordinaire de l'Infanterie, exprimeroit
le pas redoublé ; la charge particuliere des Plésions, qu'on
pourroit, pour éviter prolixité, appeller la *chasse*, exprimeroit la course, &c. Mais en voilà trop sur cet Article, que j'ai
assez détaillé dans une instruction pour l'exercice des Plésions,
à laquelle j'ai déja travaillé aussi sérieusement que si un pareil
ouvrage ne pouvoit rester toujours fort inutile.

Des Divisions.   Les divisions de *manches* & de *manchettes*, tiennent lieu
de toutes les divisions du Bataillon. On a assez vu dans le
Projet de Tactique, l'usage des *plésionnettes*. Les *sections* éta-
blissant dans notre ordonnance la plus grande netteté, facili-
tent le ralliement & les manœuvres ; & surtout, comme on
le verra bientôt, empêchent absolument la profondeur de
s'opposer à la légéreté. Lorsque la Plésion change de front, &
se sépare par plésionnettes, toutes les divisions changeant de
position, changent aussi d'usage, mais de maniere que les

* Je ne sçais pourtant si cet instrument seroit assez chantant pour bien articuler
les différens airs ; au reste, si celui-ci ne convient pas, il en est d'autres.

plésionnettes

Pléion en Bataille, serrée par Sections.

Tribun . . . A
Tribun en second . . . B
Centurions . . . C
Aide-Major . . . M
Sous-aide-Major . . . N
Capitaines . . . 1
Lieutenants . . . 2
Sous-lieutenants . . . 3
Enseignes . . .
Capitaines d'armes . . . 4
Sergens . . . 5
Decurions . . . 6
Caporaux . . . 7
Tambours . . . l
Porte-haches . . . ○

On n'a point marqué les places des Officiers de Grenadiers,
qui sont tous hors des rangs, aux flancs de leurs pelotons,
aussi bien-que ceux des armés à la legere,
N.B. que cette derniere troupe doit être a deux de hauteur.

N B

pléfionnettes confervent toutes les propriétés & toutes les manœuvres de la Pléfion entiere. Les fections de la Pléfion deviennent leurs manches ; les manchettes, leurs fections ; les
manipules, leurs pléfionnettes. Une pléfionnette *en bataille* eft
donc ferrée par manchettes, comme la Pléfion *en bataille*
eft ferrée par fections ; ainfi du refte. J'efpere que ce détail
paroîtra très-facile & très-clair à ceux qui lui donneront un
peu d'attention : mais je fuis très-fûr qu'en peu de jours la
troupe à qui l'on voudroit l'apprendre, le trouveroit bien plus
facile encore, qu'il ne peut le paroître à un Lecteur pour qui
ce jargon eft tout neuf.

Je ne crois pas fort néceffaire de juftifier ma maniere de placer
les Officiers. Si je les ai mal arrangés, il eft aifé de les arranger
mieux. J'ai mis deux bas-Officiers dans chaque rang de Compagnie, un dans chaque Efcouade, & les ai placés de maniere
que ce même arrangement fe retrouvât, autant qu'il eft poffible, après le changement de front. *Des Places des Officiers.*

Les trois manieres de former la Pléfion ne différant l'une
de l'autre que par le ferrement des rangs, peuvent être regardées comme la même, & ne fatigueront pas beaucoup la mémoire du Soldat. *Des trois ma-nieres de for-mer la Plé-fion.*

La Pléfion fera *en bataille* toutes les fois qu'elle arrivera
fur le pré, &, après l'avoir fait manœuvrer, on l'y remettra
avant de la renvoyer. Ce fera l'état habituel. C'eft encore dans
cet état, non autrement, qu'elle marchera le pas redoublé.

Elle fe mettra en *Phalange* au moment de la charge, & feulement à quelques pas de l'ennemi.

Elle n'aura les *rangs ouverts* qu'en marchant loin de l'ennemi, ou en courant.

On pourroit goûter mon projet fans adopter mes idées fur
l'armement. Vraifemblablement même fi l'on en fait quelque
ufage, ce fera d'abord avec les armes ordinaires. Mais comme
ma charge eft de détailler ce projet, tel que je l'ai conçu, je
ne laifferai pas de m'arrêter un moment fur cet Article, &
même fur l'habillement, en tant qu'il peut intéreffer l'armement ou la manœuvre. *Armement.*

Les Capitaines, Lieutenans, Sous-Lieutenans, Capitaines
d'Armes, & Sergens, feront armés d'une pique de 7 pieds &

demi, fans compter le fer qui aura un pied, & fera fait comme une lame de couteau de chaffe, mais pointu & tranchant des deux côtés, avec une arête bien relevée & bien forte. Ils auront, au lieu d'épée, un couteau de chaffe de 18 pouces de lame, qu'ils porteront fur la hanche gauche, paffé dans une ceinture, de maniere que la pointe fe trouve à quatre pouces en arriere de la cuiffe, un peu au deffus du jarret. Sur la hanche droite ils auront un petit piftolet placé de même. A côté & en avant, on aura pratiqué dans la ceinture une poche où il y ait place pour deux petites cartouches. Le talon de la pique fera une petite boule de fer pour les Soldats, & argentée pour les Officiers, du poids de...... fa lance aura un fourreau, qu'on y laiffera partout ailleurs qu'en bataille.

Il y aura dans chaque Compagnie onze Soldats armés de la même maniere; la feule différence, c'eft qu'ils n'auront point le piftolet comme les Officiers : tout le refte aura le fufil comme aujourd'hui, mais le couteau de chaffe au lieu d'épée.

Avec ce nombre de piquiers on fera en état de fraifer la Pléfion, mettant dans les deux premiers rangs de chaque fection, & les deux premieres files de chaque flanc, piques & fufils alternativement, felon la méthode de Folard, que je crois la meilleure. Si l'on fe contente de fraifer les flancs de la Pléfion & les têtes de la premiere & de la troifieme fection, il faudra beaucoup moins de piques dans les deux autres.

Les Centurions & l'Etat Major feront armés comme les autres Officiers : ils auront feulement la pique plus courte, parce que n'étant pas dans les rangs, une longue ne feroit que les embarraffer.

Les Grenadiers à pied, Officiers & Soldats, feront armés abfolument comme les Fufiliers, dont ils feront diftingués par quelqu'autre marque. Les Grenadiers à cheval feront armés comme les Dragons.

Je n'ai pas befoin de juftifier ici la façon dont j'ai armé la Pléfion : pour les piques, je n'aurois rien à ajouter à ce que j'ai dit ailleurs. Le Maréchal de Puifegur a propofé, avant moi, de fubftituer le couteau de chaffe aux fabres & aux épées. Je le fais porter de la façon qui m'a paru la plus commode & la moins embarraffante, même en courant.

Si on arme les Pléfions comme je viens de le propofer *,
il eft abfolument néceffaire de leur donner des bonnets : en
baiffant & relevant les piques, fouvent avec beaucoup de vivacité, on attraperoit toujours les cornes des chapeaux, & le
premier rang ne feroit occupé qu'à les ramaffer. Mais il faut
des bonnets qui garantiffent de la pluie & du foleil, ce qui
n'eft pas fort difficile. J'y mettrois des plumes, comme en
avoient les Haftaires des Romains : cela grandit la troupe,
& lorfqu'elle court, exagere fa vîteffe. Un avantage plus confidérable, c'eft que par le moyen de ces plumes, il fera fort
aifé de diftinguer les parties de la troupe, felon la méthode
des Romains : on fçait que chez eux chaque Soldat avoit
dans fon habillement quelque marque qui faifoit connoître de
quelle Compagnie il étoit. Ainfi l'on connoîtra dans les Pléfions, à la couleur de la plume, de quelle fection eft un Soldat. Cette bigarrure qui, pour tel de nos mouvemens eft fort
intéreffante, donnera encore plus de facilité au Soldat pour
trouver tout d'un coup fa place, & à l'Officier pour voir fi
chacun eft où il doit être.

§ I I.

Sur l'univerfalité que j'attribue à la Pléfion.

Le grand reproche auquel je dois m'attendre, eft celui d'a-
voir fait la colonne trop générale. C'eft auffi le premier, &
même le feul qui foit venu jufqu'à moi, depuis que mon Livre
eft imprimé.

Il y avoit trois ou quatre jours qu'on le débitoit, lorfque
je fus témoin d'une differtation dont il étoit le fujet, ainfi
que fon Auteur qui, n'étant pas connu de ceux qui la fai-
foient, étoit invifible & préfent : un d'eux en rendoit compte
aux autres, affez bien même. On commença par lui demander fi cet ouvrage n'étoit point dicté par la prévention en faveur de Folard. Bonne inquiétude. On demanda enfuite fi
l'Auteur avoit fervi. Chofe fort importante à la force des Plé-

* Quand les chapeaux s'accommoderoient mieux avec les piques, la courfe & la
maniere de porter les armes en courant, rejetteroient toujours cette incommode &
laide coëffure.

fions. Enfin quelqu'un dit que cette idée pouvoit être ingé-nieufe & féduifante, mais non pas folide, & qu'un ordre de bataille *fixe*, ne pouvoit fuffire aux différentes circonftances. Celui qui faifoit cette objection n'ayant pas lu mon Livre, étoit dans la regle : mais quoique j'y aie répondu bien fouvent & bien pleinement dans cet ouvrage, quoiqu'elle fe trouve de plus amplement détruite dans l'article fuivant, par un affez grand nombre de raifons qui autorifent l'univerfalité de la colonne, comme c'eft un point fort important, & fur lequel on viendra m'attaquer de toutes parts, je ne peux m'empê-cher de m'y arrêter un moment, après avoir promis à ceux qui n'auroient que cet argument à m'oppofer, que nous ferons d'accord quand ils auront lu ce Mémoire jufqu'au bout.

Comment peut-on me reprocher d'employer trop univer-fellement les Pléfions, fans fe reprocher à foi-même d'em-ployer tout auffi univerfellement les Bataillons, fans reprocher aux Grecs d'avoir employé auffi univerfellement leurs Pha-langes ? Il faut bien avoir un fyftême fixe, puifque *fixe* y a. Il ne s'agit que de choifir le meilleur pour en faire la bafe fon-damentale de la Tactique, & la fource des manœuvres nécef-faires dans les différentes circonftances où l'ordonnance pri-mitive ne fuffiroit pas. Faut-il, de peur de mériter le reproche dont je me défends, n'avoir aucuns principes ? parce que tou-tes les places que l'on aura à fortifier ne feront pas fituées ni faites pour être fortifiées toutes fur le même plan, faut-il rejet-ter le fyftême *fixe* de Vauban ?

Je conviens bien que les terreins étant fort variés, quoi-que, par rapport à la Tactique *, beaucoup moins qu'on ne l'imagine ordinairement, les ordres de bataille ne doivent pas toujours être les mêmes. Mais fi l'on peut reprocher l'unifor-mité & le *fixe* à quelque fyftême, eft-ce à celui qui pourroit en cent ans de guerre ne pas combattre deux fois dans la même difpofition, fe prêtant à toutes les combinaifons poffibles, & paffant de l'une à l'autre en un inftant, ou à celui qui ne peut que fe mettre en ligne droite, & quand il pourroit prendre

---

* J'entends ici par rapport à l'ordre de chaque troupe en particulier ; car la dif-pofition des troupes enrr'elles, qui forme l'ordre de bataille de toute l'armée, eft fufceptible d'une plus grande variété.

d'autres formes & d'autres arrangemens, n'a pas la mobilité néceſſaire pour paſſer de l'un à l'autre en préſence de l'ennemi, & en conſéquence eſt abſolument réduit à la premiere diſpoſition de Végece, quelquefois un peu déguiſée par le terrein, mais jamais corrigée par la Tactique?

§ III.

Sur ce qu'on pourroit attribuer la force de la Pléſion aux Grenadiers à cheval, & croire que le Bataillon peut ſe donner le même avantage.

On me fera volontiers une eſpece d'objection qui ne laiſſeroit pas de ſéduire, ſi je ne la prévenois. Vous prétendez, dira-t'on, qu'un Bataillon, quelque fort qu'il ſoit, ne peut tenir contre une Pléſion. Je le crois bien : elle a ſes Grenadiers à pied & à cheval, qui font corps avec elle, & ne la quittent point. Dès que vous oppoſez les deux armes à la ſeule Infanterie, vous en aurez raiſon ſans doute; mais cela ne prouve pas la force perſonnelle de la Pléſion. Il faut d'ailleurs s'attendre que l'ennemi vous voyant ſoutenir chaque corps d'Infanterie par des troupes de Cavalerie, en fera autant de ſon côté : alors vos Grenadiers à cheval ayant en tête des troupes pareilles aux leurs, feront aſſez occupés, & ne feront plus d'aucune utilité à la Pléſion. Il ne faut donc pas compter ſur eux pour la défaite du Bataillon, à laquelle ils ne contribueront en rien.

La premiere choſe à remarquer dans cette objection, c'eſt qu'elle reconnoît tout en plein l'avantage du mélange des armes, qui eſt un des points principaux de notre ſyſtême.

Je n'ai jamais donné ni ne donnerai la défaite d'un Bataillon, quel qu'il ſoit, comme une belle preuve de l'excellence de la Pléſion.

Il eſt fort poſſible que l'ennemi mêle auſſi des troupes de Cavalerie avec ſon Infanterie; mais il eſt difficile qu'elles lui ſoient de grande utilité contre les Pléſions, & impoſſible qu'elles occupent les Grenadiers à cheval, de maniere qu'ils ne contribuent pas à la défaite du Bataillon. Je prie ceux qui feront l'objection, de me dire où feront placées ces troupes de

Cavalerie dont ils nous menacent. Sera-ce en avant, en arriere, ou à côté du Bataillon ? Si c'eſt en avant, elles le maſqueront *, & de plus le renverſeront infailliblement, ſi elles ſont pouſſées par les Grenadiers à cheval, comme cela eſt apparemment très-poſſible **. Si c'eſt en arriere, elles ſeront inutiles, ne pouvant aller à la charge qu'en paſſant ſur le corps de leur Infanterie. Si enfin on les met aux flancs, elles ſeront trop loin; & au lieu de ſe trouver oppoſées aux Grenadiers à cheval à qui elles en veulent, auront en tête les corps collatéraux qui les occuperont aſſez, tandis que le Bataillon qu'elles devoient protéger aura à combattre en même temps l'Infanterie & la Cavalerie. Si on n'eſt pas content de cette réponſe, il eſt aiſé de la rendre plus ſatisfaiſante : il ne faut pour cela que deſſiner un ordre de bataille, dans lequel les Bataillons ſeront flanqués de pelotons de Cavalerie, & lui oppoſer un ordre de bataille de Pléſions. On verra s'il n'eſt pas vrai que chaque Bataillon, malgré ce ſecours, a toujours à combattre les deux armes.

La Pléſion n'attend pas des Grenadiers à cheval, la défaite du Bataillon. Quand donc il ſeroit vrai que l'ennemi trouveroit le moyen de les occuper par des troupes de Cavalerie, elle s'en embarraſſeroit peu. S'ils lui ſont de quelque utilité, c'eſt en ce qu'ils empêchent l'ennemi de tenter le quart de converſion pour ſe replier ſur ſes flancs : mais ſans eux, les Grenadiers à pied empêcheroient bien ce mouvement; ſans les Grenadiers à pied, la Pléſion l'empêcheroit bien elle-même faiſant *flanc*, ou marchant quelque pas par la gauche ou la droite; enfin ſans pelotons ni manœuvres, elle ne ſeroit pas dans le cas de craindre un pareil mouvement. Si la Pléſion n'avoit pas de Grenadiers à cheval, ſes victoires ſeroient ſouvent beaucoup moins complettes, mais ne ſeroient jamais beaucoup plus difficiles.

---

* Maſquer un Bataillon, c'eſt le déſarmer, puiſqu'il n'a contre nous d'autre défenſe que ſon feu.

** Cela eſt d'autant plus poſſible, que des troupes de cavalerie ainſi poſées, ſeroient impunément fuſillées par nos armés à la légere, en attendant qu'elles fuſſent chargées par nos Grenadiers à cheval.

§ IV.

La profondeur de la Pléfion n'eft point outrée.

L'objection à laquelle je viens de répondre, fembloit vouloir méconnoître la force de la Pléfion. En voici une d'un
goût tout différent.

On trouve que c'eft employer inutilement des bras qui pourroient fervir ailleurs, que d'oppofer à des Bataillons, fur 3 de
hauteur, la profondeur de la Phalange doublée. On prétend que
fi j'avois affaire à un ordre plus folide, j'aurois grande raifon
d'en ufer ainfi, mais qu'étant fûr de percer facilement, il vaudroit bien mieux multiplier les corps pénétrans, que d'entaffer les forces, comme fi je craignois d'être repouffé par un
Bataillon.

Je conviens que la Pléfion eft bien plus forte qu'il n'eft néceffaire, pour renverfer les ennemis qu'elle a à combattre.
Auffi n'eft-ce pas tout exprès pour le choc, que je l'ai mife
à 32 de hauteur. J'ai voulu qu'elle fût d'une certaine force,
afin que lors même qu'elle ne fera pas complette, elle puiffe
fe divifer par pléfionnettes, pour augmenter fa victoire & la
déroute des ennemis : manœuvre importante dont elle ne feroit pas fort capable, fi elle n'étoit que de 4 à 500 hommes,
furtout fi elle avoit déja fouffert quelque perte.

Je ne vois pas la néceffité de multiplier les corps pénétrans
plus que je n'ai fait. L'ennemi étant à l'ordinaire en bataille
fur deux lignes, chaque Bataillon a une Pléfion en tête, fuppofant même que je ne fuis pas fi fort que lui, & que j'ai
choifi de toutes les difpofitions dont ce fyftême eft capable,
la plus triviale & la plus mauvaife. Or que veut-on de mieux
que de charger & battre tous les corps ennemis ? N'eft-ce pas
avoir des forces partout où elles peuvent être utiles ? Que ce
Bataillon foit battu par une maffe qui y fait fon trou, ou par
deux plus petites qui le percent en deux endroits, cela eft fort
égal, dès qu'il eft toujours également bien battu.

J'avoue, comme j'ai déja dit, que la Pléfion a plus de forces
qu'il ne lui en faut, pour être fûre de percer : mais jufqu'à ce
qu'on prouve que, pour les avoir ainfi prodiguées dans certaines

parties, j'en manque dans d'autres où j'en aurois befoin, l'objection fe réduit à reprocher à la Pléfion d'être trop fûre de la victoire. C'eft un joli défaut celui-là.

Au refte je ne blâme point l'envie de multiplier les corps attaquans, & ne renonce point à dédoubler les Pléfions, comme cela eft fort aifé, dans les circonftances où je croirai cette manœuvre avantageufe.

§ V.

Pléfion combattant en même temps de front & en flanc.

J'ai fi fouvent entaffé des preuves pour démontrer que les Pléfions ne craignent rien pour leurs flancs, & cela eft d'ailleurs fi évident par la feule infpection de cette ordonnance, qu'il femble inutile d'y revenir : auffi ne m'y arrêterai-je guere.

Vous nous faites bien voir, me dira-t'on, que fi l'ennemi veut charger le flanc d'une Pléfion, elle fe transformera en pléfionnettes qui le chargeront de front lui - même : mais vous ne prétendez pas apparemment employer cette manœuvre, quand elle fera chargée en même temps de front & en flanc : car le front de la Pléfion, devenu flanc de pléfionnette, ne feroit pas en défenfe.

Cette objection qui n'eft faifable qu'en fuppofant que la Pléfion n'a point de pelotons, eft d'ailleurs prévenue, puifque j'ai prouvé que jamais deux corps ennemis ne parviendront à charger en même temps deux côtés de la Pléfion, & qu'elle fera toujours maîtreffe, marchant contre celui qui eft le plus proche, ou s'ils font à égale diftance contre un des deux à fon choix, de le charger & de le battre, fans que l'autre puiffe l'empêcher. Malgré cela je veux bien admettre l'objection dans toute fon étendue, d'autant plus que cela me donnera occafion de donner une manœuvre intéreffante, dont je n'ai pas encore parlé.

Si tandis que la Pléfion, fuppofée fans pelotons, marche contre un corps ennemi, un autre vient pour la charger fur fon flanc droit, & qu'elle veuille les combattre tous deux à la fois, (car il faut qu'elle le veuille), lorfque ce fecond corps
ennemi

ennemi est environ à 60, ou au plus 80 pas, je fais ce commandement :

A vous, seconde Pléfionnette, attention.
A droite, coupez.
Marche.

A ce mot, tandis que la premiere pléfionnette n'en tient
compte & va son train, la seconde fait à droite & s'éloigne
d'elle en équerre, pour charger de front le Bataillon qui marchoit contre le flanc de la Pléfion, & il n'est pas douteux
qu'elle le percera, ayant l'avantage d'une profondeur octuple.
Mais, dira-t'on, il la chargera en flanc elle-même, se repliant
par des quarts de conversion. Comment cela se pourroit-il
faire? il marche en avant, elle le prend sur le temps, le charge
donc & le perce, au moment où il pourroit commencer ses
quarts de conversion, & où par conséquent ils ne sont pas
finis.

Ce même mouvement de *couper* a un usage plus important
& moins métaphysique.

Lorsque deux ou trois Pléfions ayant abysmé un Bataillon de
la premiere ligne ennemie, & voyant la leur qui suit, jugeront à propos d'aller tout de suite, lui laissant le soin du reste,
percer de même la seconde ligne, en passant dans la breche
qu'elles auront faite, elles verront à droite & à gauche des
flancs découverts & du désordre : cela est bien appétissant.
D'ailleurs si on négligeoit trop cette partie, pour peu que la
ligne qui suit fût encore éloignée, ce désordre pourroit se ré-
parer à certain point. Pour l'augmenter au contraire, & ouvrir davantage la breche, les Pléfions de droite & de gauche
couperont, & par ce mouvement porteront de chaque côté une
pléfionnette dans les flancs de l'ennemi, tandis que le reste,
avec tous les pelotons, ira percer la seconde ligne.

§ VI.

Sur les Intervalles.

On m'a fait, par rapport aux flancs des Pléfions, une autre
objection qui ne me paroît pas fort solide. On convenoit bien

D

qu'ils étoient affurés de refte, & que fur ce point j'avois de quoi répondre à toutes les difficultés : mais, difoit - on, le Soldat voyant entre fa troupe & les corps voifins, les intervalles que vous y laiffez quelquefois, fe trouvera bien ifolé : cela eft capable de l'effrayer.

Il y a cent ans, les Bataillons étoient affez fouvent de 1000 hommes, & fe formoient fur 8 rangs, de 125 par conféquent : les efpaces entre les Bataillons étoient égaux à leur front, auffi grands donc que j'en laiffe jamais entre les Pléfions en ligne, du moins plus grands qu'il ne falloit pour effrayer les Soldats, fi c'étoit quelque chofe de fi effrayant. Cela ne les effrayoit pourtant point, quoique leurs flancs ne fuffent pas forts comme ceux des Pléfions, ni protégés encore par des Grenadiers à pied, prêts de courir à leur défenfe, par des Grenadiers à cheval, prêts d'y voler.

Je l'ai dit dans mon fecond Chapitre : fi les Pléfions font exercées comme il faut, & furtout avec l'attention d'inftruire les Soldats de leurs avantages, ils deviendront trèsaifément plus Tacticiens qu'il ne faut, pour ne pas s'effrayer de leur difpofition.

§ VII.

Sur la légéreté.

J'ai affez parlé, dans mon Livre, des avantages de la légéreté, & je crois n'avoir pas mal prouvé que cette propriété fe trouve plus pleinement dans la Pléfion, que dans aucune autre ordonnance : mais je fens bien que je n'aurai pas perfuadé tout mon monde. Nous fommes trop loin de compte : je prétends la faire courir en bataille ; & la moitié des Militaires admet, comme un principe inconteftable, que la colonne eft un corps plus pefant que le Bataillon même.

Quelle eft la vîteffe de la Pléfion.

Je n'entreprendrai point ici de prouver fur nouveaux frais la poffibilité de la courfe : j'ai tout dit. Il ne me refte plus qu'une feule preuve, qui eft la preuve fans replique, & que je donnerai quand on voudra. En attendant j'ai fait les expériences que j'étois en état de faire, pour voir quelle eft la vîteffe de la courfe que je deftine à la Pléfion. Il m'a paru ,

1°. qu'elle eſt triple de celle du Bataillon marchant le pas redoublé, & donne autant de toiſes qu'il fait de pas en temps
égal : 2°. qu'on pourroit aiſément courir beaucoup plus vîte :
3°. que ſe bornant à cette vîteſſe de 120 toiſes par minute,
on peut parcourir ſans ſe mettre hors d'haleine, ni même trop
ſe gêner, un eſpace bien plus long que la portée du fuſil :
4°. qu'on eſt maître de cette courſe modérée, au point de courir en cadence comme on y marche, à plus forte raiſon aſſez
pour ſe maintenir en ordre n'étant que ſur 24 de front.

Il ſuit de cette vîteſſe de la Pléſion que, ſi marchant contre un Bataillon qui fait trois décharges par minute, elle eſſuie
la premiere à 200 pas, ce qui eſt une aſſez bonne portée,
elle eſſuiera la ſeconde à 80, mais chargera avant la troiſieme.
Il ſuit encore que, ſi un Bataillon veut par des quarts de converſion de ſes droite & gauche, la charger en flanc, tandis
qu'elle marche de front contre ſon centre, il faut, pour qu'il
ait fini ſon mouvement à temps, le ſuppoſant d'ailleurs poſſible,
qu'il le commence lorſqu'elle eſt encore à près de 150 toiſes.

Mais c'eſt trop s'arrêter ſur les conſéquences d'un principe
conteſté, d'autant plus que le point dont il s'agit n'eſt pas
aſſez détaché de la partie phyſique, pour qu'on en ſoit abſolument & évidemment ſûr avant l'expérience * : auſſi en dou-
terois-je fort moi-même, ſi je ne voyois cette expérience toute
faite chez les Anciens.

Comptant pour rien cette autorité, & les faits que j'ai rap-
portés dans le premier Chapitre de mon Ouvrage, je veux
bien ſacrifier ici la légéreté des Pléſions à l'opinion des autres,

---

* Je l'ai faite depuis, cette expérience,
& la ſinguliere facilité de la courſe m'a
étonné moi-même plus que je ne puis
dire. J'avois toujours bien penſé que ce
ne ſeroit pas la magie noire pour une
troupe qui ſçauroit marcher enſemble &
en cadence ; mais je ne m'étois jamais at-
tendu qu'en quatre ou cinq exercices on
la mettroit en état de courir avec beaucoup d'aiſance, en auſſi bel ordre que ſi
elle marchoit au pas ordinaire. Il eſt vrai
qu'il m'a paru que la vîteſſe eſt un peu
moindre que je ne l'avois annoncée ici.
On pourroit abſolument parcourir cent
vingt toiſes par minute ; mais cela eſt trop
vif : il faut ſe contenter de cent, & même
ne compter que ſur quatre-vingt-dix. Se
réduiſant à cette meſure, on parcourra
aiſément cent toiſes, & plus s'il le faut,
cinq ou ſix fois de ſuite, ſans preſque de
repos : repos au pas ordinaire, s'entend.
Je ne doute pas au reſte qu'une troupe un
peu habituée à cette allure, n'acquît bientôt beaucoup plus de vîteſſe & d'haleine ;
j'en juge par moi-même : dans le peu que
dura cette petite expérience, je ne recon-
noiſſois plus mes jambes.

& les reconnoître incapables de courir en bataille. Cette docilité ne fait aucun tort au fyftême, puifque j'ai toujours
comparé les mouvemens des deux ordonnances géométriquement & à vîteffe égale, & que fi quelquefois j'ai fait entrer
la courfe en ligne de compte, j'ai eu foin de faire remarquer
auffitôt à quoi fe réduiroit l'effet du mouvement dont je parlois, réduifant la Pléfion à la vîteffe ordinaire. D'ailleurs j'efpere que le Bataillon ne triomphera pas trop d'un point que
j'abandonne fi facilement ; & il n'y a pas de quoi : cet avantage de moins que la Pléfion auroit fur lui, ne feroit pas en
elle un défaut, ni en lui un mérite.

Je fuppofe donc que la Pléfion n'eft capable que du pas redoublé , & ne peut que parcourir, comme le Bataillon, 40 ou
43 toifes par minute. Mais on ne fe contente pas de cela, on
veut qu'elle foit plus pefante : oh ! pour ceci, arrêtons-nous-y :
ma docilité ne va pas jufques-là.

Pourquoi
bien des gens
croient la co-
lonne pefante.

Il paroît d'abord inconcevable que des gens qui raifonnent
en toute autre chofe fort fenfément, fe foient laiffés coëffer
de cette opinion infoutenable, que la colonne eft un corps
prefque inébranlable, tandis que fes adverfaires les plus achar-
nés, reconnoiffent qu'elle femble * *faite exprès pour la légéreté.*
Mais cette idée n'étonnera plus, fi l'on remonte à la fource. Le
mot a fait l'erreur, ce n'eft qu'un mal entendu. Dès qu'un
corps de Cavalerie ou d'Infanterie, ou mêlé de l'un & de l'autre, a un front court & une longueur confidérable, on appelle cela colonne. Qu'il foit net ou confus, maffif ou divifé,
plein ou vuide, ou même farci d'artillerie & de bagages, pour
bien des gens cela n'y fait rien : dans leur langage c'eft toujours colonne. Or la plûpart de ces colonnes foi-difantes, font
en effet très-pefantes. La prétendue colonne des Anglois à
Fontenoy, par exemple, l'étoit beaucoup : mais ce n'eft pas
notre faute, fi on appelle cela des colonnes. Ceux qui en
conféquence veulent que la Pléfion foit pefante auffi, par cette
grande raifon qu'elle eft colonne auffi, pourroient, par un rai-
fonnement femblable, lui donner d'étranges propriétés.

Quand j'ai vanté la légéreté de la colonne, je ne parlois

---

* Savornin. *Sentimens d'un Homme de Guerre fur la colonne.*

point des différentes difpofitions qu'il plairoit à quelqu'un, ou, fi l'on veut, au Public, d'appeller ainfi. Je parlois uniquement de la Pléfion. Sans trop m'arrêter à examiner quelles font des différentes colonnes les plus pefantes ou les plus légeres, je me bornerai à mon unique affaire, qui eft de prouver la légéreté de celle-ci.

Ce ne feroit pas fans apparence qu'on foupçonneroit une colonne maffive de marcher le pas redoublé moins facilement que le Bataillon, fi l'expérience n'avoit déja montré qu'elle n'eft pas plus pefante que lui, pourvu qu'elle ne foit pas d'une longueur démefurée, & que la quantité de rangs ne lui ôte pas autant de légéreté, que lui en donne la briéveté du front.

Mais quand il ne feroit pas vrai qu'une colonne entiérement ferrée fût capable de cette vîteffe, on n'en pourroit rien conclure contre la Pléfion. Elle eft divifée en 4 fections de 8 rangs; &, fi on le trouvoit néceffaire, on la fubdiviferoit en demi-fections : chacune de ces fections marche indépendamment des autres, & fans qu'elles puiffent s'embarraffer en aucune maniere, parce que, tant qu'il n'eft queftion que de marcher, on laiffe entr'elles deux ou trois pas d'intervalle, qu'on leur fera regagner facilement au moment de la charge. La vîteffe de la Pléfion eft donc égale à celle d'une fection ; dire que la Pléfion eft plus pefante que le Bataillon, c'eft dire que de deux corps d'égale profondeur, celui qui aura le front huit fois plus étendu, fera le plus léger : ce qui eft abfurde.

La Pléfion eft tout au moins auffi légere que le Bataillon.

Démonftration.

Au défaut de raifons, quelles expériences oppofe-t'on à cela ? celles de colonnes qui n'avoient pas la même netteté, n'ayant pas les mêmes divifions; & il y a de bonnes raifons pour qu'on n'en cite pas d'autres. Mais, dira quelqu'un, j'ai vu des colonnes formées dans le goût de vos Pléfions, qui ne laiffoient pas d'être fort pefantes. Je vous demande bien pardon de mon incrédulité : je ferois bien aife de le voir auffi. Au refte quand une colonne de cette efpece paroîtroit un peu moins légere, cela ne feroit pas merveilleux : premiérement elle ne courra pas. Qui s'aviferoit de le lui propofer ? A l'égard du pas redoublé, cette colonne doit marcher ainfi tout auffi leftement que la Pléfion : mais on ne fait pas toujours ce qu'on doit. Une troupe peu habituée à cette ordonnance,

Expériences contraires rejettées. Pourquoi.

pourroit n'avoir pas toute la légéreté qui lui appartient, sans que cela dût étonner, ni faire regarder la colonne comme essentiellement plus pesante. Prenez une troupe habituée à ne marcher qu'en colonne, &, une fois en passant, mettez-la en Bataillon, vous verrez bien autre chose : elle ne pourra faire quatre pas sans se rompre.

Par tout ce que nous venons de voir, il est prouvé que si l'on peut, en attendant l'expérience, douter que la Pléfion puisse courir en bataille, on n'a aucune raison ni prétexte de disconvenir qu'elle marchera au moins aussi bien que le Bataillon. Si cela n'est pas clair, il n'est pas jour à midi. Je compte bien aussi que, tout mûrement examiné, ce point trouvera peu de contradicteurs. Mais il ne suffit pas de l'admettre, arrêtons-nous un peu aux conséquences.

Ne supposant la vîtesse de la Pléfion qu'égale à celle du Bataillon, le nouveau fyftême a en légéreté bien de l'avantage sur l'ancien ; puisque, comme je l'ai affez prouvé ailleurs, une ligne de Bataillons est bien plus pesante qu'un seul Bataillon, au lieu que la ligne de Pléfions a la légéreté d'une feule. Une Armée en bataille dans ce fyftême, marchera donc beaucoup plus vîte, que si elle étoit dans l'ordre ordinaire, & par conféquent perdra moins de monde avant de joindre l'ennemi, lui impofera davantage, &c.

Un autre grand avantage des Pléfions, c'est qu'après avoir renverfé la première ligne ennemie, elles feront dans le moment fur la feconde, & fans lui laiffer le temps de fe reconnoître, d'où réfultera une victoire très-prompte & très-complette, comme je l'ai prouvé : & il ne faut pas imaginer que, méconnoiffant la poffibilité de la courfe, on fe trouve en droit de méconnoître auffi cette vivacité. Sans doute la légéreté perfonnelle de chaque corps l'augmenteroit encore : mais comme elle n'en est pas la feule, ni même la principale caufe, réduifant les Pléfions à la vîtesse ordinaire, on ne les prive pas entiérement de cet avantage à beaucoup près. Ce qui leur donne tant de violence lorfqu'il est question d'achever la victoire, c'est, 1°. qu'elles ne craignent point de découvrir leurs flancs, tant à caufe de leur force, que parce qu'ils font protégés par les pelotons : 2°. qu'elles ont les Gre-

ñadiers à cheval qui, s'abandonnant fur les Bataillons rompus,
portent les fuyards & l'épouvante jufqu'à la feconde ligne, &
y commencent le défordre, que la charge des Pléfions acheve
deux minutes après. C'eft principalement à ces deux caufes
qu'elles doivent la certitude & la promptitude de la défaite
de la feconde ligne ennemie ; mais quand elles ne feroient pas
capables de courir en bataille, ces deux caufes ne fubfifteroient
pas moins. Si dès l'inftant que des Bataillons, qui ne courent
point, ont renverfé ceux de premiere ligne qu'ils avoient en
tête, ils pouvoient fans danger marcher au pas redoublé droit
à la feconde, il feroit impoffible que celle-ci tînt un moment ; à plus forte raifon, s'ils avoient des Grenadiers à cheval.

§ V I I I.

*Simplicité, facilité, & petit nombre, des mouvemens néceffaires
à la Pléfion.*

On a dû remarquer, dans *le Projet de Tactique,* qu'autant les
manœuvres du Bataillon font difficiles, longues, & compli-
quées, autant celles de la Pléfion font fimples, courtes, & faciles. La principale caufe de cette différence, après la briéveté
du front & la légéreté qui en eft une fuite néceffaire, c'eft
que la Pléfion marchant en tout fens avec la même aifance,
n'emploie jamais les quarts de converfion : motion difficile &
dangereufe, qui entre pour quelque chofe dans prefque toutes
les manœuvres du Bataillon. Pour notre ordonnance, toutes
les évolutions fans exception, toutes les grandes manœuvres
& changemens d'ordres de bataille devant l'ennemi, s'exé-
cutent par des mouvemens directs : il n'eft queftion que de
faire à droite ou à gauche, marcher ou s'arrêter. Dès que le
Soldat eft parvenu à en fçavoir jufques-là, il eft en état de
faire tout ce que nous avons à lui demander. Il n'y a perfonne
qui puiffe méconnoître cette extrême facilité de nos mouvemens, & ne pas fentir toute l'étendue d'un pareil avantage.

Mais on pourroit dire qu'en revanche les Pléfions ne laif-
fent pas d'avoir un grand nombre de manœuvres, & que fi
chacune en particulier eft fort aifée, la totalité d'exercice peut

bien être auffi longue & auffi pénible pour elles, que pour les Bataillons.

Quand cela feroit, l'avantage dont je viens de parler ne feroit pas moins réel : car on ne fait qu'un mouvement à la fois ; & dès que chacun eft fort fimple, fort net & fort aifé, on feroit toujours bien plus fûr de ne pas le manquer devant l'ennemi, que le Bataillon ne feroit fûr de bien faire un quart de converfion, par exemple, n'eût-il que cette feule manœuvre à fçavoir.

Mais il ne faut pas s'effrayer du nombre de mouvemens que j'ai indiqués dans mon Ouvrage, & de ceux que je pourrois y ajouter. Il faut faire attention que la plûpart font plus longs à décrire qu'à exécuter, & que dès que le Soldat connoîtra les divifions de la troupe, il n'y en a guere qu'il n'apprenne à fonds en deux minutes.

Il faut remarquer encore, qu'on peut fupprimer une partie de ces manœuvres, que réellement je n'emploie jamais, parce que je les ai rendues inutiles, comme celle de *faire flanc*, ou que je les ai remplacées, comme celle de *partir par manches*. On peut encore fupprimer les trois quarts & demi des différentes manœuvres de moufqueterie *, puifqu'à la rigueur une feule fuffit. Si l'on fait attention à tout cela, on verra qu'il en refte très-peu de néceffaires. On peut même les réduire à trois, dont deux pour paffer à deux différentes difpofitions propres à la moufqueterie, toutes deux très-faciles & très-fimples, comme on va voir dans un moment ; la troifieme plus facile encore, pour changer de front & fe mettre en plé-fionnettes : manœuvre fi prompte qu'on ne peut guere lui don-ner ce nom.

---

* Je les fupprime en effet, & prie le lecteur d'oublier toutes celles que j'ai don-nées dans le troifieme chapitre du *Projet de Tactique*. Les deux qu'il trouvera dans la fection fuivante fuffifent, & cela fim-plifie notre befogne. Ce n'eft pas qu'on ne puiffe, fans la rendre trop compofée, y en ajouter quelques autres qui feront très-utiles dans certains cas : je les donne-rai dans l'*Inftruction pour l'Exercice des Pléfions*.

§ IX.

ARTICLE III.

§ I X.

Feu.

La colonne n'eſt point propre à la mouſqueterie, & la plûpart des actions ſont de cette eſpece. A quoi lui ſert donc
d'être invincible à l'arme blanche, ſi elle ne ſe donne cette
ſupériorité qu'aux dépens de celle des deux armes dont l'uſage
eſt le plus fréquent? à rien autre choſe qu'à ne jamais douter
du ſuccès d'une action, & être ſûre de la victoire une fois,
ſur dix qu'elle ſera ſûre de ſa défaite.

Tel eſt le grand argument qui eſt, fut, & ſera oppoſé à
notre ſyſtême, juſqu'à ce que l'expérience ait prouvé combien
il eſt peu ſolide.

J'y réponds premiérement, que ſi on adoptoit ce ſyſtême,
il ne ſeroit plus vrai que la plûpart des actions ſe décident
par la mouſqueterie. C'eſt ce que j'ai prouvé amplement :
j'ai même rapporté cette raiſon, comme une des plus fortes
en ſa faveur. Le combat de mouſqueterie devenu de beaucoup le plus rare, la Pléſion auroit donc beaucoup d'avantage ſur le Bataillon, quand il ſeroit vrai qu'elle lui eſt auſſi
inférieure pour le feu, que ſupérieure pour l'arme blanche.

Dans ſon état naturel elle n'eſt pas rrès-propre à la mouſqueterie. Je l'ai avoué, & renoncé aux prétentions de Folard
ſur cet article. Mais qui l'oblige de reſter dans ſon état naturel? qui l'empêche, lorſque cela ſera néceſſaire, de ſe développer par des manœuvres auſſi promptes que faciles, pour ſe
donner un feu égal, ou même ſupérieur à celui du Bataillon?
Avant de parler de ces manœuvres, il eſt néceſſaire de nous
arrêter un moment à quelques petites obſervations.

1°. On ne doit jamais, & la Pléſion n'oubliera pas ce principe, s'amuſer à la mouſqueterie, que lorſqu'il eſt impoſſible
d'employer l'arme blanche.

2°. Si la Pléſion ne peut aller à la charge, ſe trouvant totalement ſéparée de l'ennemi par un obſtacle qu'elle ne peut
franchir, à plus forte raiſon l'ennemi ne peut venir la charger.

3°. Elle peut donc prendre telle diſpoſition qu'elle voudra :

E

quelque ridicule qu'elle paroisse, elle sera toujours très-bonne, si elle fournit beaucoup de feu.

4°. Par la même raison, elle n'a pas à craindre d'être chargée pendant qu'elle fera son mouvement.

5°. S'il est très-court, comme de dix ou douze pas, ce ne seroit pas un reproche à faire à la Pléfion, que de dire qu'au moins pendant qu'elle manœuvrera, elle aura le défavantage d'essuyer du feu sans répondre.

6°. Quand le mouvement seroit un peu plus long, on ne pourroit pas encore lui faire ce reproche, si tout en commençant à se développer, elle commençoit en même-temps à tirer par divisions, comme le Bataillon opposé.

7°. Indépendamment de ces deux dernieres observations, il faut remarquer qu'il n'arrivera guere à la Pléfion de se développer, pour la mousqueterie, à portée de l'ennemi; car ou elle va le chercher, ou elle l'attend : si elle va à lui pour l'éloigner par son feu d'un ruisseau qu'il borde, elle peut se développer à 500 toises, & arriver dans cet état; si elle-même veut défendre ce ruisseau, elle s'est déployée en attendant l'ennemi.

8°. La propriété qu'à le Bataillon de n'avoir aucun développement à faire pour être propre à la mousqueterie, est donc à compter pour peu de chose, ou plutôt pour rien, puisqu'il n'en retire aucun avantage vis-à-vis de la Pléfion, même dans un combat de cette espece.

9°. A plus forte raison, cette apparence peu réelle d'un petit avantage, n'est pas à comparer à ceux que la Pléfion a sur lui en toute autre circonstance.

10°. Puisqu'il n'y a pour la Pléfion aucune peine, aucun danger, aucune difficulté à prendre telle disposition de mousqueterie qu'il lui plaira, il est incontestable que, si elle en a quelqu'une qui donne un feu supérieur à celui du Bataillon, bien loin de lui payer ici l'avantage qu'elle a sur lui partout ailleurs, elle est plus propre que lui-même à ce genre de combat.

Je n'entreprendrai point ici de répéter, détailler & justifier toutes les manœuvres * au moyen desquelles la Pléfion peut

* Voyez la Note de la section précédente.

fe mettre en état de faire ufage de la moufqueterie. Mon feul objet pour le moment préfent, eft de prouver que cette ordonnance, fupérieure au Bataillon fans contredit dans tous les cas où l'on peut aller à la charge, n'a contre lui aucun défavantage dans les circonftances où l'on ne peut employer que l'arme à feu ; & c'eft ce qu'une feule manœuvre, qui au befoin difpenferoit de toutes les autres, va établir évidemment. J'y en ajouterai pourtant une feconde, pour montrer comment les Pléfions pourront fouvent, ne fe contentant pas de l'égalité, fe donner même la fupériorité de moufqueterie.

Je ne m'arrêterai point à décrire la maniere de débarraffer les premiers rangs de la Pléfion des piques qui y font mêlées alternativement avec les fufils ; ce feroit alonger inutilement ce mémoire : cette petite manœuvre, que je donnerai quand il faudra, étant fort aifée. Elle me paroît d'ailleurs fi peu néceffaire, que je l'employerois rarement, fi ce n'eft dans le cas où je me développerois loin encore de l'ennemi, & où je ferois fûr de n'avoir, dans ce combat, aucune occafion d'employer l'arme blanche, & pour cela de réformer la Pléfion. En effet, quelques piques dans les rangs d'une Pléfion développée qui fait feu, n'empêchent pas les fufils de tirer, & ne nuifent pas beaucoup davantage que fi elles étoient à la queue. On trouvera peut-être que non feulement les piques, mais tout le premier rang, nuit beaucoup, puifque je ne développe la Pléfion que par demi-fection, c'eft-à-dire à quatre de hauteur. A cela je ne répondrai autre chofe, finon qu'on a fait feu bien long-temps fur quatre rangs, & que les Pléfions le feront bien encore. Il faut pourtant remarquer que ces demi-fections feront très-rarement à quatre de hauteur. Pour peu qu'il y ait de non complet, les fections ne feront plus que de fept rangs, fouvent même elles ne feront que de fix. Lorfqu'elles feront de fept, fi on déplace les piques, cela fera à la queue de chacune un rang qu'on comptera pour rien dans la manœuvre de moufqueterie, & chaque demi-fection ne fera plus que de trois rangs. Quand, les fections étant à fept de hauteur, on ne déplacera point les piques, la moitié des demi-fections fe trouvera à quatre de hauteur, le refte à trois : cela ne fera pas joli ; mais y aura-t-il d'ailleurs grand inconvénient ?

 Pour faire tirer la Pléfion, & pour cela la développer en ligne mince & alongée comme le Bataillon, on fera ce commandement :

1. *Pour faire feu de ligne, attention.*
2. *Par cinquantaines développez la Pléfion, que la premiere demi-fection ne bouge.*
3. *A droite & à gauche par manches.*
4. *Marche.*

Les trois premiers commandemens ferviront d'avertiffement. Au quatrieme la premiere demi-fection ne bougeant, tout le refte de la Pléfion fait face aux flancs, la manche droite par un à droite, la gauche par un à gauche, & auffitôt toutes deux marchent légérement en fens contraire. Sitôt que chacune a fait douze pas, & par conféquent dépaffé la derniere file de la premiere demi-fection qui n'a bougé, les fecondes cinquantaines de la premiere fection, qui fe trouvent les trois premieres files des manches du côté de la ligne qui fe forme, s'arrêtent, fe remettent de front par un à gauche dans la manche droite, & par un à droite dans la manche gauche, puis marchent trois pas pour s'aligner fur la premiere demi-fection. Pendant ceci le refte des manches va fon train, marchant toujours par le flanc de la Pléfion ; & les premieres cinquantaines de feconde fection, ayant fait encore douze pas, font la même manœuvre que nous venons de voir, pour s'attacher au flanc de la premiere fection déja développée, ainfi des autres. Pour les dernieres, qui ont le plus de chemin à faire, le mouvement eft de quatre-vingt-quatre pas par le flanc, & environ vingt-cinq après s'être remis de front. Il eft vrai que tout cela fe fait fort vîte, premiérement parce qu'on marche fur un fort petit front ; fecondement, parce que quelque irrégularité ne feroit d'aucune conféquence. En effet, quand les dernieres cinquantaines, pour qui le mouvement eft plus long, fe feroient un peu trop ou trop peu avancées marchant par le flanc, cela feroit bien vîte réparé lorfqu'elles fe remettent de front. Au lieu de marcher droit devant elles pour prendre le flanc de la partie de ligne déja formée, elles fe jetteroient par quelques pas obliques à droite ou à gauche, autant qu'il

feroit néceſſaire, ce qu'elles ne pourroient manquer d'appercevoir. Auſſi je ne crains pas d'aſſurer qu'on feroit exécuter
parfaitement du premier coup, ce développement à une troupe
qui n'en auroit jamais entendu parler ; & quand on le feroit
très près de l'ennemi, cela ne feroit guere plus difficile, puiſque la partie qui manœuvre eſt maſquée par celle qui eſt déja
en ligne, & fait feu.

Car on apperçoit aiſément que le feu commence auſſitôt
que la Pléſion commence à ſe développer. La premiere demi-
ſeion n'ayant aucun mouvement à faire, ſes deux demi-
manches du centre font *haut les armes* en même temps que
le reſte de la Pléſion fait à droite & à gauche. Sitôt que ces
deux premieres ont fait *feu*, les deux demi-manches des flancs
de la même demi-ſeion, font *haut les armes* ; & quand ces
dernieres ont fait *feu*, les ſecondes cinquantaines de la même
ſeion font déja en ligne : alors leurs demi-manches du centre font *haut les armes*. Quand toute la premiere ſeion a tiré,
le feu de la ſeconde ſe trouve prêt de commencer, & les moitiés de cinquantaine qui ont tiré les premieres ayant rechargé *, recommencent une ſeconde décharge de la premiere
ſeion, qui ſe fait en même temps que la premiere décharge
de la ſeconde : mais pour cela les ſeions ne ſe reglent pas
l'une ſur l'autre. Chaque centurie ne penſe qu'à elle-même,
tirant toujours, comme on vient de le voir, en 4 diviſions.
On voit par ce détail que, lorſque le développement total de la
Pléſion eſt achevé, & que les Grenadiers & armés à la légere
arrivent ſur l'alignement aux flancs de la Pléſion développée,
elle a déja tiré 1440 coups de fuſil, ſuppoſant même que les
cinquantaines ne ſont qu'à trois de hauteur.

Quand la Pléſion n'ayant plus beſoin de feu, voudra ſe re-
mettre en bataille & marcher en avant, ce ſera une manœuvre de 84 pas, dont il faut ôter plus de 40, qu'elle fait en avant
tout en ſe reformant : reſte le temps de 40 perdu pour la marche.

---

* Selon les temps de l'exercice, il faut ſeize temps pour charger, & quatre pour tirer. Il ſemble ici que je n'en compte que douze pour charger, puiſque je ſuppoſe que la premiere diviſion a rechargé quand les trois autres ont tiré chacune en qua- tre temps. Mais c'eſt que j'entends que ces temps de tirer ne ſeront rien moins que précipités, & par conſéquent en vau- dront plus de douze ; au lieu qu'on bruſ- quera les temps de charger, de maniere qu'ils n'en vaudront pas réellement ſeize.

Il eſt une maniere beaucoup plus prompte que celle que je viens de détailler, de mettre la Pléſion ſur 3 rangs. On peut commencer par la mettre en bataille par manipules, plaçant tous les quatre ſur la même ligne, & laiſſant entr'eux des intervalles de 36 pas. Si on arrive dans cet état ſur le terrein où on veut ſe déployer, chaque manipule fera par manchettes le même mouvement que la Pléſion vient de faire par manches; & le développement total ne ſera que de 13 ou 14 ſecondes, pendant leſquelles encore toute la troupe fera feu. Ces deux manieres de développer la Pléſion ne peuvent ſervir que lorſqu'elle tient, tant pour elle que pour ſes eſpaces & pelotons, un front égal à celui du Bataillon : car ainſi développée elle ſe trouve avoir la même étendue. Quand les Pléſions ſeront plus rapprochées, la ligne ſe formera par des pelotons tirés de la queue, que l'on joindra aux Grenadiers à pied en auſſi grand nombre qu'il ſera néceſſaire. Le feu ſera toujours égal à celui de la ligne ennemie. Le mouvement eſt plus court que le précédent, & d'autant plus court que les Pléſions ſont plus rapprochées.

Mais la ligne ainſi formée, il reſte en arriere une partie de chaque Pléſion dans ſon ordre naturel, dont il ſeroit bien plus avantageux de faire uſage pour ſe donner un feu ſupérieur à celui de l'ennemi. C'eſt ce qui m'a fait penſer au *feu de manchettes*, que jamais ligne de Bataillons ne ſoutiendra.

Soit une ligne de Pléſions ayant entr'elles des eſpaces égaux à leurs fronts remplis par les Grenadiers à pied, qui par conſéquent ſont à quatre de hauteur, je fais ce commandement;

Pour faire feu de manchettes, attention,
A droite & à gauche, par manches.
Marche,

Au ſecond commandement la manche droite toute entiere fait à droite, la gauche à gauche. Au troiſieme tout marche, les manchettes des flancs chacune neuf pas, celles du centre chacune trois; les Grenadiers à pied & armés à la légere, tous à quatre ou à deux de hauteur, font les mêmes mouvemens en ſens contraire, pour ſe trouver à la queue des manchettes : de ſorte que dans ce temps de neuf pas, le tout ſe trouve transformé en une ligne de petites colonnes à 6 de front, 36 de hauteur, ayant entr'elles des efpaces égaux à leur front. Alors on fait tirer tout le front de la ligne en même temps, par tranches qui, auffitôt après avoir tiré, s'écoulent à droite & à gauche de la manchette, pour fe reformer & recharger à la queue, comme dans le feu de chauffée que l'on connoît de refte. Auffitôt que la feconde tranche eft démafquée, elle tire à fon tour, & fon tour vient bien vîte, puifque pour la démafquer les Soldats du centre de la premiere n'ont que trois pas à faire ; ce qui rend ce feu d'une vivacité étonnante : on la concevra affez, fi l'on fait attention que les Pléfions, dans cet état, ont fix fois plus de monde que la ligne ennemie qu'elles ont en tête, que tout leur monde tire, & que chacun perd fort peu de temps pour l'action de charger & tirer, puifque le mouvement n'eft pas long, & fe fait à toutes jambes. J'épargne au Lecteur le petit calcul qui m'a démontré que, malgré ce que les Pléfions ont de piques, & ce qu'elles perdent de temps, ce feu de manchettes eft plus que quadruple de celui que fournit la ligne qui leur eft oppofée, fuppofant que de part & d'autre on tire trois coups par minute.

Et ce n'eft pas le tout que la quantité ; la qualité en eft auffi fort différente. On fent qu'une ligne qui effuie un feu continuel fur toute l'étendue de fon front, ne charge ni ne tire, comme le Soldat qui, après avoir chargé bien en fûreté à la queue de 33 rangs, ne fe montre à l'ennemi qu'autant de temps qu'il lui en faut pour tirer.

Contre ce feu de manchettes, on peut me faire quelques objections : j'y répondrai, fi befoin eft. Je perdrois trop de temps à les prévenir ; & d'ailleurs il n'appartient qu'à l'expérience d'y répondre d'une maniere affez fatisfaifante.

La Pléfion, arrangée pour ce feu de manchettes, comme nous venons de le voir, ne tient dans la ligne, tant pour elle que pour fes pelotons & intervalles, que 48 pas ou 16 toifes : elle fera très-rarement fi refferrée. Lorfqu'elle le fera moins de moitié, ayant 32 toifes à occuper, au lieu de 4 petites colonnes à 36 de hauteur, elle en formera 8 à 18, mettant les demi-manches de la feconde pléfionnette en ligne avec celles de la premiere ; & joignant les Grenadiers à pied aux unes, les armés à la légere aux autres. Alors le feu de manchettes n'aura pas tout à fait la même fupériorité fur celui de la ligne à 3 de hauteur, parce que les Pléfions n'auront plus la même fupériorité de nombre, mais elles auront plus d'avantage à proportion, parce qu'il n'y aura prefque plus de temps perdu ; & comme elles auront encore trois fois plus de monde que la ligne de Bataillons à 3 de hauteur n'en peut avoir en même étendue, leur feu fera triple à peu de chofe près.

Le nouveau fyftême eft fupérieur en moufqueterie.

C'eft par ces feux de manchettes, & quelques autres encore plus aifés, que je donnerai dans l'inftruction, qu'en tout terrein ferré, où l'on ne peut aborder l'ennemi, au défaut de l'avantage de charger avec une grande fupériorité, les Pléfions fe donneront celle de la moufqueterie.

Elles peuvent encore employer ces manœuvres toutes les fois qu'elles voudront éloigner l'ennemi par un feu fupérieur d'un ruiffeau ou d'un ravin, dont il veut leur difputer le paffage. On ne manquera pas de me dire que cela emploie beaucoup de troupes, & que les Pléfions s'y prenant ainfi, feront néceffairement débordées. Mais quand ce débordement feroit fort dangereux dans les autres circonftances, qu'en pourroit-il arriver lorfqu'on ne peut s'aborder ? fi l'ennemi s'étend beaucoup plus que les Pléfions, tout ce qu'il en réfultera, c'eft qu'une grande partie de fon Infanterie n'ayant perfonne en tête ne tirera point, tandis qu'elles écraferont le refte par un feu quadruple. Si l'ennemi, au lieu de s'étendre, forme plufieurs lignes, il n'y aura toujours que la premiere qui puiffe tirer contre toute l'Infanterie de l'Armée de Pléfions, qui par conféquent confervera le même avantage.

<h2 style="text-align:center">§ X.</h2>

Feu de l'Ennemi.

La moufqueterie n'eft point à craindre pour la Pléfion.

On ne fe contente pas de reprocher à la colonne d'être incapable de faire feu : on veut qu'elle foit plus expofée à celui de l'ennemi qu'un Bataillon à fa place. Cette objection a été tant de fois détruite dans mon ouvrage, que je n'ai d'autre réponfe à y faire, finon que je prie ceux qui en feroient encore là, de lire avec attention feulement le neuvieme Chapitre.

Je

Je me contenterai de rappeller ici que la Pléfion dérobée au feu du Bataillon ennemi par la petiteffe de fon front, n'en effuie que la huitieme partie. Le refte eft, ou perdu dans les intervalles, ou pour les pelotons, ou pour les autres Pléfions, fi plufieurs marchent contre ce Bataillon. Mais la ligne de Pléfions marche en bataille plus vîte au moins de moitié qu'une ligne de Bataillons; puifque quand on n'admettroit pas qu'elle puiffe courir, du moins faudroit-il admettre qu'elle peut marcher au plus grand pas redoublé, fans craindre de fe déranger, ni être obligée à *de fréquentes haltes pour fe redreffer*. Chaque Pléfion de cette ligne effuie donc feize fois moins de feu, que ne feroit un Bataillon marchant de même à l'ennemi. Or la perte de ce Bataillon eft fort peu de chofe. Que fera donc celle de la Pléfion?

Les mêmes caufes diminuent l'effet du canon contre les Pléfions. Il ne faut point s'effrayer de ce qu'il eft à la rigueur poffible qu'elles perdent d'un feul coup ce que feroient perdre 7 ou 8 coups à un Bataillon; puifqu'il a un front huit fois plus étendu, il reçoit auffi 8 coups, pendant que la Pléfion en reçoit un : d'où il s'enfuivroit que la perte feroit égale pour les deux ordres, fi les Pléfions reftoient auffi long-temps que les Bataillons, expofées au feu de l'artillerie, & n'étoient pas fuivies de plus près par la leur tirant toujours fur les batteries de l'ennemi; ce qui certainement ralentiroit leur feu, quand elle ne feroit pas fupérieure dans les parties où s'engagera l'affaire, par les raifons que l'on a vues dans mon quatorzieme Chapitre. Mais l'effet de l'artillerie fur les Bataillons, à moins qu'ils n'y reftent long-temps en bute, n'eft pas quelque chofe de fort confidérable; on regarde même ce danger comme le plus petit dans une action : ce n'en eft donc pas un grand pour les Pléfions. Tout ce qu'il leur en arrivera, c'eft que la perte n'étant pas diftribuée avec beaucoup d'égalité, tandis que la plûpart n'auront rien fouffert, il pourra y en avoir quelqu'une fort maltraitée : mais cela n'empêchera pas les autres de gagner la bataille.

Vous calculez cela à merveille, me dit-on, dans la fuppofition que l'ennemi tire indifféremment fur tout le front de la ligne : mais il pointera fur les Pléfions, & elles recevront beau-

Le canon fera moins de mal à la Pléfion qu'à l'ordre ordinaire.

F

coup plus de coups à proportion de leur étendue, que n'en recevront les pelotons, & qu'il ne s'en perdra dans les intervalles.

Je réponds que les Pléſions allant fort vîte, ne s'enfilant pas directement ſur une batterie, ne ſe montrant d'ailleurs qu'un moment, &, pour peu qu'elles le croient néceſſaire, ſe faiſant maſquer par les pelotons juſqu'à une très-petite diſtance de l'ennemi, il faudroit que ſes canonniers fuſſent bien habiles & bien fermes, pour tirer ſi juſte ſur un petit front que leur dérobent tant de circonſtances. Si le canon * ſe manioit avec cette juſteſſe, une troupe étendue & lente, ou même immobile, contre laquelle il tire quelquefois un temps aſſez long ſans qu'on lui réponde encore, ſeroit bien vîte anéantie.

Je ne m'arrêterai point davantage à réfuter cette opinion, que les Pléſions ſeront détruites aiſément par le canon. Je l'ai combattue aſſez amplement dans mon ouvrage, & d'ailleurs ce n'eſt pas par des raiſons qu'il eſt poſſible d'en faire revenir. Je me contenterai de rappeller que, quand il ſeroit vrai que le canon feroit plus de mal à une Armée qui combattroit dans notre ſyſtême, ce ne ſeroit pas une raiſon ſuffiſante pour le rejetter. On ſe met en bataille, non pas pour n'être point expoſé au canon, mais pour remporter la victoire, perdant en totalité le moins qu'il eſt poſſible. Qu'une Armée de Pléſions perde 7 ou 800 hommes par le canon, & 2 ou 300 par la mouſqueterie, battant un ennemi qui en perdra 8 ou 10000, mais ſur ce nombre point du tout ou très-peu par l'artillerie, ce n'eſt pas, ce me ſemble, un grand avantage pour lui, ni quelque choſe de fort intéreſſant pour les Plé-

---

* Le canon qui veut faire beaucoup de bruit, peut bien tirer 7 ou 8 coups au moins par minute : celui qui veut faire beaucoup de mal, n'en tire qu'un ou deux tout au plus, parce qu'il faut un temps pour pointer, ſurtout lorſque l'objet n'eſt pas fort étendu, & que la vîteſſe de la marche change à chaque coup la diſtance & la direction, les flaſques & le coin de mire. La Pléſion qui ne ſera bien en vue qu'une demi-minute, & en courant, n'eſſuyera donc pas un ſeul coup ajuſté comme il faut. D'ailleurs, dans ce dernier moment, on eſt trop près ; le canon ſe retire le plus ſouvent pour ne pas nuire à ſon infanterie, & qui pis eſt, ſe faire prendre. Enfin le canon ennemi, dans ce moment, ne peut guere être ſervi, eſſuyant le feu des armés à la légere & Grenadiers, & celui du canon des Pléſions à cartouches : car dans cet inſtant où elles ſe préſentent à découvert, tout ce qu'elles ont de feu ne manque pas de ſe diriger ſur l'artillerie ennemie.

fions, que le genre de mort de ceux que leur coûte la victoire.

Comme l'expérience eft plus capable qu'aucun raifonne-
ment, de détruire l'objection à laquelle je réponds, il ne fera
pas hors de propos, en attendant mieux, de rapporter ici un
fait affez récent & affez connu. A Haftenbeck, le combat ne
s'étendit dans la plaine, que fur un front de 200 toifes ou environ; les deux armées y porterent toute leur infanterie, excepté la partie qui fut employée à l'attaque du bois, & prefque toute leur artillerie qui, ainfi ramaffée, avoit beau jeu à
faire fracas : auffi la nôtre mal mena-t'elle fort les lignes re-
doublées des ennemis. Ne pouvant en terrein fi ferré, mettre
environ 25000 hommes fur deux ou trois lignes, on mit tous
nos Bataillons en colonnes par brigade. Je ne fçais pas en détail la manœuvre de toutes ; mais il fuffit de fuivre celle du
Régiment du Roi, dont celle des autres ne fut pas fans doute
fort différente. Les quatre Bataillons de ce Régiment étoient
en colonnes par demi-Bataillon à 3 de hauteur. Après cela on
les redoubla pour les mettre à 6 ; de forte que la colonne n'a-
voit plus de front que le quart de rang de Bataillon fur 48 de
profondeur totale. Les demi-Bataillons ainfi rangés, s'embar-
rafferent peu de leurs diftances, & ne laifferent pas plus de dix
pas de l'un à l'autre. C'eft dans cet état que cette troupe ef-
fuya affez long-temps le feu de l'artillerie : elle ne perdit que
27 hommes, les autres brigades un peu plus ou moins, prefque aucune confidérablement, plufieurs rien du tout. Or je
dis premiérement que ces colonnes, fur une plus grande profondeur, & un front plus étendu que des Pléfions, étoient affurément plus en prife au canon ; perfonne n'en difconvien-
dra : fecondement que, quand elles n'auroient pas été par leur
forme & leur force plus expofées à la fureur de l'artillerie, au
moins l'effuyant beaucoup plus long-temps, elles durent perdre feulement en une demi-heure dix fois autant que des Pléfions en 3 minutes. Il n'eft pas difficile d'en conclure ce qu'auroit perdu une Pléfion allant droit à l'ennemi par la route de
telle brigade.

§ XI.

Réponse à la meilleure objection qu'on m'ait faite.

Mon fuccès feroit trop complet, fi tout le monde me faifoit l'objection à laquelle je vais répondre ; & plus d'un Lecteur me foupçonnera de me la faire moi-même. Non : *d'honneur* elle m'a été faite, & vient même de très-bon lieu.

On m'a donc dit que je n'ai fait autre chofe dans mon Ouvrage, que prouver l'avantage des Pléfions contre les Bataillons ; que par conféquent mes preuves ne prouveront plus rien, quand elles n'auront plus de Bataillons à combattre. Or, ajoutoit-on, nos ennemis ne feront pas affez dupes pour fe préfenter à 3 de hauteur contre des colonnes ; & dès qu'ils fçauront que c'eft là *l'ordre François*, ne manqueront pas de prendre le même fyftême : & fur ce que je répondois que c'étoit en reconnoître abfolument la fupériorité, que de ne trouver rien de mieux à lui oppofer, qu'une ordonnance femblable, on repliqua que c'étoit bien reconnoître la force des Pléfions, mais que ce n'étoit pas moins une raifon de n'en pas efpérer un grand avantage, & que ce n'étoit pas la peine de faire un fi grand changement, pour fe retrouver, le moment d'après, de pair avec fes ennemis.

J'ai répondu d'avance à cette objection dans mon Difcours préliminaire, & ailleurs, mais toujours fort légérement, n'ofant efpérer alors que ce feroit la meilleure raifon qu'on eût à m'oppofer. Elle devient aujourd'hui plus intéreffante, & il faut l'examiner avec plus de foin.

La fuppofant très-bien fondée de tout point, je ne vois que deux conféquences qu'on en puiffe tirer : chacun choifira celle qui lui plaira le plus. La premiere, c'eft que s'il ne faut pas adopter entiérement ce fyftême, de peur de donner à nos ennemis d'une façon trop marquée, un bon exemple qu'ils ne manqueroient pas de fuivre, il faut du moins en tirer parti, autant qu'il eft poffible, fans afficher aux yeux de toute l'Europe que la Pléfion eft l'ordre François. Cette conféquence eft très-naturelle ; & en me faifant l'objection, on m'épargna la peine de l'appercevoir. Nous nous rapprochons, &, comme je l'ai déja dit par rapport à l'univerſalité, nous pourrons bien être de même avis à la fin de ce Mémoire. La ſeconde conſé-quence eſt plus forte encore ; c'eſt qu'il faut ſe dépêcher d'adop-ter ce ſyſtême, puiſque ſi nos ennemis nous imiteront néceſſai-rement, ne penſant pas que des Bataillons puiſſent tenir contre des Pléſions, par la même raiſon ils chercheront à nous pré-venir, & prendre contre nous l'avantage de la nouvelle Tacti-que, en attendant que nous le partagions enfin avec eux.

Mais laiſſant là les conſéquences de cette objection, j'avoue que quoiqu'elle me faſſe trop d'honneur, je ne peux la goûter entiérement : car enfin s'il ne faut pas prendre l'ordre habituel le plus avantageux, dans la crainte d'être imités par nos en-nemis, il ne faut perfectionner aucune partie de l'Art de la Guerre ; puiſque s'ils ont le ſens commun, ils profiteront tou-jours de nos découvertes, à moins qu'elles ne ſoient aſſez peu intéreſſantes par leur objet, & aſſez peu remarquables par leurs effets, pour qu'ils puiſſent les ignorer.

Tout ce qu'on peut imaginer de bon, eſt deſtiné à devenir tôt ou tard commun à toutes les Nations ; mais c'eſt toujours un grand avantage pour celle qui en profite la premiere, puiſ-que pendant quelque temps elle a cet avantage tout entier con-tre ſes ennemis. Lors même qu'ils l'ont imitée, il lui reſte en-core quelque choſe de la ſupériorité qu'elle s'étoit donnée : la copie ne vaut point l'original, & le fondateur ne perd point ſes droits. On convient aſſez généralement que notre feu de pelotons n'eſt pas ſi vif ni ſi régulier que celui des Etrangers : on ſçait par expérience que, depuis que nous avons fait re-naître l'attaque & la défenſe des Places, la Nation a toujours été ſupérieure dans cette partie. Ainſi lors même que les Plé-ſions ſeront en uſage dans toute l'Europe, les Françoiſes ſeront les véritables & les maîtreſſes des autres. Du moment où l'on veut mettre en œuvre une nouvelle idée, on y travaille, on la perfectionne tant qu'on peut. Ceux qui ont parti les der-niers reſtent toujours en arriere. D'ailleurs généralement la même tournure d'eſprit & de caractere qui fut propre à l'in-vention de telle idée, eſt auſſi la plus propre à la perfection-ner, & en faire bon uſage. Les François ſe ſont aviſés des colonnes ; donc les François ſont ceux à qui cette ordonnance convient le plus. La conséquence n'eſt pas auſſi haſardée qu'elle pourroit le paroître. Quelle Nation, parmi les Modernes, approcha du nouveau ſyſtême, & gagna deux grandes batailles par le moyen de la colonne? Ce ne fut pas une de celles qui, mettant toute leur confiance dans leur feu, ne ſçavent ce que c'eſt que de marcher à l'ennemi; ou ſi elles ſe déterminent à ce généreux effort, y viennent au pas d'enterrement. Ce fut la ſeule qui reſſemble à la nôtre par ſa vivacité & ſon goût pour l'arme blanche, en un mot les François du Nord. De nos jours de fort honnêtes gens, qui n'étoient ni François, ni Suédois, ont voulu combattre en colonnes. Ils ont fait un cahos qui ne reſſembloit à rien, & ſe ſont fait bien battre. Je ſerois très-fâché qu'il prît fantaiſie à eux ou à d'autres de même caractere, de faire uſage du ſyſtême que j'ai propoſé : ils pourroient en faire une expérience fort différente de celle que j'ai promiſe.

Mais comme ils n'ignorent pas que le combat d'armes blanches n'eſt pas leur partie favorite, ils ne s'empreſſeront pas ſi fort à prendre la nouvelle Tactique. Je ſuis même très-perſuadé qu'elle nous aura donné bien des victoires avant qu'ils s'y déterminent. L'Europe tient tout autant aux Bataillons, que les Grecs tenoient à la Phalange, qu'ils ne quitterent jamais pour l'ordre des Romains, quoique ceux-ci les battiſſent aſſez ſouvent. Et qui perſuaderoit à l'Angleterre ou à la Hollande de faire un ſi grand changement ? Je ne ſçais pas ſi on le perſuadera à la France ; mais je ſçais que partout ailleurs le nouveau ſyſtême ſera toujours moins connu, moins entendu, & moins goûté, préſentera moins d'avantages, & ne ſera pas perpétuellement remis ſur le tapis, par quelqu'un qui a promis aux Pléſions de travailler toute ſa vie à les faire mettre en œuvre, employant pour cela tous les moyens dont il pourra s'aviſer, ne ſe rebutant par aucun des dégoûts qui pourroient ſuivre une pareille entrepriſe, enfin ne la perdant jamais de vue pour aucun autre objet, à moins qu'on ne le détrompe, lui faiſant connoître que c'eſt une mauvaiſe idée, & qu'il n'y a rien de mieux à faire de ce Projet, que de le laiſſer-là.

§ XII.

Je n'ai pas dit tout ce que j'aurois pu dire en faveur de ce syſtême.

Finiſſant cet Article, qui eſt une eſpece de ſupplément à mon Ouvrage ; ce ſeroit bien ici la place de revenir ſur certains endroits, où je n'ai pas toujours dit tout ce que je pouvois dire en faveur du ſyſtême. Je pourrois, par exemple, faire remarquer que c'eſt mal à propos que j'ai ſuppoſé, parlant des retraites, & ailleurs, que lorſque l'ennemi marchera pour charger le flanc d'une Pléſion, elle ſera obligée de quitter ſa marche dès qu'il ſera à 30 pas d'elle. Je devois faire obſerver que le voyant venir de loin, elle aura pu, ſans s'arrêter ni retarder d'un moment, ſe ſerrer par ſections, & dans cet état marcher le pas redoublé ; qu'une fois dans cet ordre elle peut ſans danger le laiſſer venir juſqu'à cinq ou ſix pas ſans paroître s'appercevoir de lui, puiſqu'il ne lui faut, pour préſenter les pléſionnettes de front, que le temps de faire trois pas & à droite.

Je pourrois remarquer encore que j'ai fait grace au Bataillon, quand j'ai ſuppoſé qu'il ne lui faut, pour faire un quart de converſion, que le temps qu'il mettoit à parcourir, marchant directement, une longueur égale à ſon front. Il lui en faut, pour faire ce mouvement, autant que pour parcourir la longueur du quart de cercle développé, qui eſt au front comme 11 à 7, puiſqu'on n'admet point pour le Soldat qui décrit le quart de cercle, de plus grande vîteſſe que le pas redoublé. Cela ne laiſſe pas d'alonger tous les mouvemens du Bataillon contre la Pléſion. Et ſi, par exemple, on part de ce principe pour examiner celui qui eſt réfuté par ma derniere planche, on verra juſqu'où j'aurois pu pouſſer ce que j'ai dit de ſon inutilité.

Il y a beaucoup d'autres points que j'aurois pu, & même dû toucher dans cet Article, s'il n'avoit été plus néceſſaire d'abréger : par la même raiſon ſur ceux que j'ai touchés, j'ai paſſé beaucoup trop légérement. Heureuſement j'ai affaire à des Lecteurs qui ſçauront y ſuppléer. D'ailleurs je ſuppoſe qu'on a lu mon Ouvrage.

ARTICLE IV.

Comparaison de ce syſtême, avec celui du Chevalier de Roſtaing.

§ I.

Compoſition de la Légion. Ses avantages. Parallele avec les Pléſions.

LE Chevalier de Roſtaing compoſe ſa Légion de 6 Batail-lons, chacun deſquels, dans l'état de la plus grande augmen-tation, eſt de 800 hommes en 8 Compagnies, ſans compter une Compagnie de 50 Grenadiers ou Triaires. Il y a de plus dans chaque Légion, 2 Compagnies de Fuſiliers ou troupes légeres à pied, chacune de 120, & 2 Compagnies de Dragons, chacune de 74.

Chaque Bataillon eſt partagé en deux par un intervalle au centre. Chaque moitié, qui a ſon drapeau, eſt compoſée de 4 Compagnies qui forment les diviſions du demi Bataillon.

Cette compoſition de la Légion eſt abſolument la même que celle des Pléſions. Chacune a, comme chaque Bataillon légionnaire, 800 hommes en 8 Compagnies, & ſe diviſe en deux pléſionnettes, comme lui en deux demi-Bataillons. Elle a, comme la Légion, des Grenadiers à pied & à cheval, & des armés à la légere, & les emploie aux mêmes uſages.

Si nous examinons quels avantages réſultent de cette com-poſition de la Légion, & la rendent préférable à la Brigade ordinaire, nous trouverons premiérement la légéreté & la facilité des mouvemens, & la variété qui en eſt une ſuite. La ſource de cette propriété eſt la briéveté du front. L'Auteur laiſſant un intervalle au milieu de ſes Bataillons de 800 hom-mes à 8 de hauteur, le front de chaque corps n'eſt que de 50. Il n'en admet point de plus étendu, & fait de cette briéveté une regle de Tactique.

Les Pléſions ſuivent encore mieux ſa regle, puiſqu'elles ont

le

le front moins étendu de moitié, & par conséquent encore
plus de légéreté & de facilité à se mouvoir.

Le second avantage de la Légion est la petitesse, le petit
nombre, & la simplicité de ses divisions, toutes bien marquées, permanentes, & distinguées par Compagnies : ce qui
facilite la formation, le ralliement, & les manœuvres.

Mais les Pléfions ne lui cedent en rien à cet égard. Loin de
cela, leurs divisions qui sont à peu près les mêmes, leur sont
d'un plus grand usage, principalement en ce que, par la force
des flancs, elles sont capables de faire devant l'ennemi des
mouvemens de division, que la Légion osera rarement tenter.

Le troisieme avantage est le mêlange des armes commun
aux deux systêmes, mais de plus grande utilité dans le mien :
car 1°. le Chevalier de Rostaing a un peu trop épargné la
Cavalerie ; il n'a de cette arme que la trente-huitieme partie
de sa troupe, c'est trop peu : chez moi, la Cavalerie en est
la dix-neuvieme, & c'est à peu près la proportion établie par
les Anciens. 2°. La grandeur de mes intervalles dans les cas
même où je raccourcis le front, laisse bien plus de liberté pour
le jeu des pelotons. 3°. Ils suivent les fuyards bien plus vivement, & s'acharnent bien autrement à la destruction de l'ennemi, se sentant suivis de près par les Pléfions, que ceux de
la Légion qui voient leurs Bataillons rester en arriere, &
remplir *avec grand scrupule la fonction de l'Infanterie pesante*,
craignant de s'exposer à se faire battre ; s'ils dérangeoient leur
ordre de bataille par une poursuite trop précipitée. 4°. Les
pelotons étant moins nécessaires aux Pléfions qui sont person-
nellement plus fortes que les Bataillons légionnaires, & n'ont
pas, comme eux, des parties foibles, pourront s'éloigner davantage du gros de la troupe, lorsque les circonstances le désire-
ront.

Le dernier avantage de la composition de la Légion, est la
force de l'ordre, puisqu'elle est à huit de hauteur dans son
état naturel ; mais cela n'approche pas de la force des Pléfions.
Je reviendrai plus d'une fois sur ce point.

On voit donc que des propriétés fondamentales que je demande à toute ordonnance, la Légion possede très-bien la
légéreté & la variété, mais inférieurement encore à la Plé-

G

fion, & qu'elle a une folidité fupérieure à celle de l'ordre ordinaire, quoique fort inférieure à la nôtre. A l'égard de la fécurité des flancs, la Légion n'y prétend pas non plus que tout ce qui n'eft pas Pléfion. Je conviens que ce défaut n'eft pas fi grand dans la Légion que dans l'ordre ordinaire, étant un peu réparé, tant par la rapidité des mouvemens qui peuvent quelquefois dérober ces flancs, que par les pelotons qui, lorfqu'ils font en arriere, les protegent ; mais avec tout cela le défaut fubfifte, & ne laiffe pas de fe faire fentir. C'eft principalement lui, par exemple, qui oblige les Bataillons légionnaires, comme autrefois les cohortes Romaines, à laiffer aux Vélites & Dragons le foin de pourfuivre l'ennemi, & à fe maintenir avec foin, comme dit l'Auteur, *dans un état de force & d'union qui les conftitue en ordre à tout événement.* D'où il arrivera néceffairement qu'une Armée battue par des Légions, ne fera pas tout-à-fait fi bien battue, que fi elle l'eût été dans les mêmes circonftances par des Pléfions.

§ II.

Des principes de Tactique.

Les principes de Tactique du Chevalier de R. font beaux & bons, quoique peut-être quelques-uns demandaffent de légeres reftrictions. Il veut, dans une ordonnance, les mêmes propriétés fondamentales que j'ai établies. Seulement il paffe fur la fécurité des flancs : & il faut bien y paffer, ou en venir à notre fyftême. Je prouverois aifément que les Pléfions font plus conformes à tous fes principes, que fes Légions elles-mêmes ; mais cela me meneroit un peu trop loin.

Malgré cette conformité, il y a pourtant un point fur lequel nous paroiffons fort oppofés. On a vu dans mon huitieme Chapitre, que l'on ne peut efpérer qu'une feconde ligne remplacera la premiere, & réparera le malheur de fa défaite, pour peu que l'ennemi pouffe vivement fon avantage, furtout fi ces lignes font pleines. Ce défaut ne m'a pas empêché de trouver celle-ci préférable pour les Bataillons, à la ligne tant pleine que vuide, qui en a de plus grands encore, & qui, fi elle eft plus à l'abri d'être entraînée par la fuite de fa premiere,

n'eft pas moins fûre d'être battue le moment d'après, furtout
fi elle a affaire aux Pléfions.

Le Chevalier de R. dans fes principes de Tactique, préfere
la ligne tant pleine que vuide à la ligne pleine, parce que
celle-ci *exclut la légéreté & la facilité des mouvemens, & pro-
duit le flottement & la lenteur en marchant, & un défordre
irréparable, fi on eft percé.* Je fçais bien tout cela : le Marquis
de Santa-Cruz & le Maréchal de Puyfegur le fçavoient bien
auffi; mais ils ont penfé, comme moi, que ces inconvéniens
étoient moindres, que celui d'avoir moins de forces, &
d'avoir tous les flancs découverts. Je regarde comme un des
plus forts argumens contre les Bataillons, le reproche qu'on
peut leur faire d'être réduits à choifir entre de fi grands défauts. Du refte je fuis bien de l'avis du Chevalier de R. Je
trouve la ligne tant pleine que vuide, effentiellement préférable pour tout fyftême fondé fur de bons principes, & je
n'emploie la ligne pleine dans aucune circonftance.

§ III.

Fonds du Syftéme du Chevalier de Roftaing.

L'Auteur prétend que *c'eft une erreur de vouloir qu'une feule
méthode fourniffe à tout.* Je ne fuis pas dans cette erreur : car
j'ai dit qu'un ordre également propre à la moufqueterie & aux
armes blanches, *eft un être de raifon.* Bien des gens pourtant
ne manqueront pas de me mettre au rang de ces partifans
outrés d'une ordonnance, qui, comme il dit, l'appliquent à
tous les cas à l'exclufion des autres. Mais affurément ceux-là
n'auront pas raifon : j'applique la colonne à tous les cas, comme R. y applique fon ordre moyen dont nous allons parler,
c'eft-à-dire que j'en fais mon ordre habituel; mais je quitte
cet ordre toutes les fois que j'ai befoin de moufqueterie,
comme il quitte fon ordre habituel toutes les fois qu'il lui faut
ou de la moufqueterie, ou un ordre plus fort pour le choc.
Tel employa la colonne moins univerfellement, qui ne fut
pas auffi exempt de ce reproche. Après cette petite digreffion,
revenons à notre Mémoire.

L'Auteur confidere trois objets, qui exigent chacun une

application différente des principes. Le premier objet est l'exécution de la moufqueterie ; le fecond, celui d'une affaire de
choc , & le troifieme, celui d'un choc plus formidable. Je
prie le Lecteur de faire attention à ceci, qui eft la bafe de
tout fon fyftême , & le point de partage entre nous deux. Le
premier de ces objets, felon lui, demande néceffairement *l'extenfion du front & le peu de profondeur dans les files ,* en un
mot l'ordre à trois ou quatre de hauteur. Le fecond demande
un front moins étendu & plus de profondeur , pour avoir plus
de force & de légéreté; il remplit cet objet en doublant les
files , & mettant le Bataillon à 6 ou 8 de hauteur. Le troifieme objet demande un corps propre *à culbuter & enfoncer
tout.* Pour le remplir, il met fon Bataillon en colonne, ne
trouvant dans aucune autre ordonnance cette fupériorité de
forces.

Il fuit des principes que l'on vient de voir , que l'ordre à
3 de hauteur étant propre uniquement pour la moufqueterie ,
ne doit pas être l'ordre habituel. Défaut pour défaut, l'Auteur aimeroit encore mieux la tendance aux armes blanches ;
mais, pour éviter les deux extrêmités, il prend le parti de fe
tenir habituellement à l'ordre moyen fur 6 ou 8 de hauteur,
pour être à portée de s'étendre ou de fe refferrer, de fe mettre fur trois rangs ou en colonne , & par conféquent employer
avec fuccès l'arme blanche ou la moufqueterie, felon que les
circonftances l'exigent. Cette idée eft ingénieufe & brillante,
folide de plus, très-bonne à fuivre par conféquent , s'il n'y
avoit rien de mieux à faire.

§ IV.

La Pléfion tient lieu des trois ordres du Chevalier de Roftaing.

Sans fe piquer d'une trop grande fimplicité, on peut réduire à deux les trois objets confidérés par le Chevalier de R.
& je ne vois pas de raifon de diftinguer le fecond du dernier. Dans toute affaire de choc, *le plus formidable* eft affurément le meilleur , & il n'y a rien de mieux à faire que de
culbuter & enfoncer tout. L'ordre moyen à 6 ou 8 de hauteur
n'eft donc pas néceffaire pour le combat, puifqu'il ne fert qu'à

remplir un objet que la colonne rempliroit mieux. *Plus on atteint l'état de force, plus on a de prétentions à la victoire.* C'eſt un principe du Chevalier de R. lui-même.

L'avantage qu'a ce même ordre d'être à portée de ſe développer ſur 3 rangs, pour l'exécution de la mouſqueterie, eſt encore à compter pour peu de choſe vis-à-vis de la colonne : car 1°. ce développement n'eſt pas beaucoup plus long pour elle. 2°. Quand ſon développement ſeroit conſidérablement plus long, elle s'en embarraſſeroit peu ayant du temps de reſte. 3°. L'ordre à 3 ou 4 de hauteur ne lui eſt pas ſi indiſpenſablement néceſſaire, qu'elle ne puiſſe employer d'autres moyens de faire uſage de la mouſqueterie, dans les cas où elle trouveroit quelque difficulté à ſe ſervir de celui-ci.

Le Bataillon de 800 hommes ſur 6 de hauteur, en a 132 de front, & chaque demi-Bataillon par conſéquent 66. Ce demi-Bataillon, pour doubler les rangs, ne s'alonge que d'un côté : il faut donc que la derniere file parcoure ces 66 pas ; après cela il y a pour dédoubler les files & ſerrer les rangs, un petit mouvement de 4 ou 5 pas, ce qui fait 70. La colonne, pour ſe développer, n'en a que 30 de plus.

Si j'ai bien prouvé dans la neuvieme Section de l'Article précédent, que ce n'eſt pas un grand avantage pour le Bataillon à 3 de hauteur, comparé à la colonne, de n'avoir point à ſe déployer pour la mouſqueterie ; à plus forte raiſon cette petite différence de développement, entr'elle & le Bataillon légionnaire, eſt à compter pour rien. Des raiſons qui le prouvent, & que j'ai rapportées en ce même endroit, le Chevalier de R. lui-même emploie celle-ci, que *ce mouvement s'exécutera ſans danger, puiſqu'on ſera certain que l'ennemi ne peut vous aborder.* Si on ſe rappelle les autres petites obſervations ſur les diſpoſitions de mouſqueterie, qu'on a vues dans l'Article que je viens de citer, on regardera la Pléſion comme auſſi à portée de l'ordre à 3 de hauteur, que l'ordre moyen du Bataillon légionnaire, & on la trouvera bien amplement dédommagée de la petite excédence de longueur de ſon développement, par l'avantage de n'avoir aucune manœuvre à faire pour être dans le plus grand état de force, toutes les fois qu'il eſt poſſible de charger.

Mais quand il y auroit plus d'embarras & de difficulté pour la colonne à se développer sur 3 rangs, qu'en arriveroit-il ? Qu'elle auroit recours à quelqu'autre manœuvre plus courte & aussi propre à la mousqueterie, comme, par exemple, à celle qu'on a vue dans la même Section neuvieme dont je viens de parler, qui donne un feu très-supérieur à celui de la ligne à 3 de hauteur, & en même temps est incomparablement plus prompte que le développement du Bataillon.

Le Chevalier de R. lui-même, pour augmenter l'effet de la mousqueterie, met toute sa Légion en colonnes, & la resserrant dans un espace de 280 toises, rend son feu très-supérieur à celui de la ligne ennemie qu'elle a en tête, quoique fort inférieur encore à plusieurs des feux de la Plésion. Mais nous examinerons ailleurs ce point.

Puisque l'on peut se passer de l'ordre à 3 de hauteur, & le remplacer avantageusement, il mérite peu d'attention. On ne doit le regarder que comme une manœuvre de mousqueterie qui n'est point mauvaise, & que la colonne pourra faire lorsqu'elle aura du temps & du terrein de reste.

Il n'est donc pas fort nécessaire d'être habituellement dans un ordre un peu plus voisin que la colonne de cet ordre à 3 de hauteur, qui n'est pas nécessaire lui-même : & cette propriété de l'ordre moyen est d'autant mieux à compter pour rien, qu'elle ne seroit d'aucune considération, comme nous venons de le voir, quand l'ordre à 3 de hauteur seroit l'unique pour la mousqueterie.

Nous avons vu encore que l'ordre moyen est fort inutile pour les affaires de choc, & ne remplit cet objet qu'au défaut de la colonne, & moins bien qu'elle.

Elle tient donc lieu des trois ordres, & remplit tous les objets : dès-là elle doit être l'ordre habituel & unique, toute autre raison à part, parce que cela simplifie la Tactique, & rend plus rares les occasions de manœuvrer, supprime même absolument toute occasion dangereuse de faire des manœuvres, puisqu'on n'aura jamais à quitter son ordre naturel étant de plain pied avec l'ennemi. Exclure un des trois ordres, c'est, selon le Chevalier de R. se priver d'un avantage. Oui, si on n'a pas cet avantage d'ailleurs : mais en exclure deux, parce qu'on trouve supérieurement réunis dans un seul les avantages de tous les trois, c'est s'épargner bien des affaires & bien des contretemps.

Pour en avoir usé ainsi, on ne peut pas me taxer du défaut opposé à celui des Bataillons minces, qui ne sont bons que pour la mousqueterie. Tout ce qu'on peut dire de mon système, c'est ce que R. a dit lui-même du sien, que *l'état habituel de l'Infanterie y est déterminé avec plus de tendance aux affaires de choc qu'à celles de mousqueterie, sans détruire cependant la possibilité d'exécuter celle-ci dans l'ordre qui lui est convenable.*

§ V.

Nouvelles preuves que la colonne doit être l'ordre habituel.

1.

Nous venons de voir que ce n'est pas un grand mal pour une ordonnance de n'être pas propre à la mousqueterie dans son état naturel, puisqu'elle peut se développer sans danger toutes les fois qu'elle en a besoin ; & qu'au contraire celle qui a besoin de passer à un plus grand état de force pour les affaires de choc, souvent ne peut le faire dans la crainte d'être chargée pendant son mouvement. C'est donc l'ordre le plus propre aux armes blanches, qui doit être l'ordre habituel : mais ce n'est pas la seule raison de le préférer.

L'ordre habituel doit être celui qui convient aux armes blanches.

Le combat d'armes blanches est celui qu'on doit généralement le plus rechercher, & celui qui convient le plus à la Nation Françoise en particulier. On peut en croire l'expérience de plusieurs siecles, & l'autorité des plus grands Généraux & des meilleurs Auteurs Militaires, parmi lesquels je mets R. lui-même, qui ne tarit point sur cet article. L'ordre habituel doit donc être celui qui convient le plus à ce genre de combat. Adoptez le système des Légions, ou tenez-vous à celui qui est en usage, il est certain que dans le nombre des Officiers, il s'en trouvera souvent qui, des différens partis qu'on laisse à leur choix, ne prendront pas le meilleur, qui seroit de charger dès que cela est possible, & de se mettre en colonne pour le rendre possible, si le terrein n'est pas d'ef-

pece à le permettre aux Bataillons. Comme rien n'oblige nécessairement à en user ainsi, souvent on n'en fera rien, tantôt parce qu'on n'en aura pas le temps, tantôt parce que par
crainte, par paresse, par système, ou par défiance de sa troupe,
on ne voudra pas manœuvrer devant l'ennemi, tantôt enfin
parce que par goût on aimera mieux le combat de mousqueterie. Si au contraire on adopte le système des Plésions, l'Officier se trouvant conduit tout naturellement au combat d'armes blanches, prendra nécessairement le bon parti, & tant
qu'il sera possible de charger, ne s'avisera pas d'aller chercher
la mousqueterie, dans les manœuvres où elle est reléguée ;
car on ne manœuvre point quand cela n'est pas nécessaire :
on ne quitte point son ordre naturel, de gaieté de cœur, &
sans aucune raison de le quitter. L'Officier qui employeroit
la mousqueterie pouvant aller à la charge, seroit donc repré-
hensible : avec le temps même cela deviendroit deshonorant.
Dans les circonstances qui réduisent au combat de mousqueterie, il n'y a que faire de craindre que les Plésions manquent
de recourir aux manœuvres qui lui sont propres, étant ha-
bituées à ne jamais tirer dans leur état naturel, & n'étant pas
d'humeur apparemment à essuyer des coups de fusil sans marcher à l'ennemi, ni répondre à son feu.

2.

L'ordre ha-
bituel doit
être le plus
fort.

L'ordre habituel doit être le plus propre au choc & à la
résistance ; non seulement parce que, comme on l'a vu, ce
sera l'ordre dans lequel on combattra le plus souvent, mais
encore parce que ce sera celui qui soutiendra toutes les atta-
ques brusques & imprévues. Le Chevalier de R. reconnoît
en conséquence la nécessité d'une *force intrinseque & habituelle, sans laquelle*, dit-il, *on ne peut rien entreprendre* ; &
sur ce que dit le Maréchal de Saxe, qu'aucun de nos Généraux n'oseroit tenter une retraite en plaine avec notre Infanterie, il remarque fort judicieusement que si elle n'est pas
capable de la faire, il tient plus à l'ordre qu'à la discipline.
Je le pense bien de même : mais où est cette force intrinseque & habituelle ? Est-ce dans l'ordre à 6 de hauteur, ou
dans la colonne ? Je le demande à R. lui-même.

Ne

Ne trouvant pas que l'Infanterie, dans un ordre mince, foit en état de foutenir la charge de la Cavalerie, il établit pour principe, *qu'on ne doit jamais ha{zarder en plaine une troupe d'Infanterie fur quatre de hauteur, à moins qu'elle ne foit inabordable par la qualité du terrein qui la fépare de l'ennemi. L'ordre en colonne,* ajoute-t'il, *non-feulement n'a pas ces défauts, mais même auroit, en cas de befoin, la propriété de l'attaque, felon les circonftances où des troupes de Cavalerie ne pourroient en éviter les approches.*

Le Bataillon à 4 de hauteur étant auffi éloigné de l'état de force, que le prétend R. d'accord avec moi, il eft certain qu'en le mettant à 6, on ne le rend pas bien fort encore. C'eft à deux planches fort minces en joindre une troifieme. Il y a loin delà à la poutre. Cet ordre eft donc affez folide pour renverfer un ordre plus foible ; mais non pas pour réfifter à la Cavalerie : par conféquent il n'eft guere plus prudent de hazarder une troupe en plaine fur 6, que fur 4 de hauteur. R. l'a fenti, & en cet endroit ne nous parle plus de fon ordre habituel, mais feulement de la colonne. Or s'il n'y a que cette ordonnance qui puiffe fe hazarder en plaine à portée de l'ennemi, quelle raifon a-t'on de n'en pas faire fon ordre habituel ? Il n'y en auroit aucune, quand elle ne feroit pas l'ordre le plus commode en pays coupé : puifque, comme on ne peut trop le répéter, c'eft en plaine & non ailleurs, qu'il eft important de n'avoir pas à manœuvrer, & d'être tout prêt pour le combat fans quitter fon ordre naturel.

Je dis plus, c'eft principalement dans ce cas d'une attaque imprévue & brufque, qu'il eft plus effentiel de n'avoir aucune manœuvre à faire : car quand elle auroit le temps de s'exécuter, cela inquiete toujours le Soldat. Le remede qu'on apporte au mal l'y fait penfer. De deux troupes également furprifes, celle qui verra fes Officiers tranquilles ne lui demander autre chofe que de garder fes rangs pour charger en bon ordre dès que l'ennemi fera à portée, doit faire meilleure contenance, que celle qui verra les fiens s'empreffer à bouleverfer tout fon ordre pour tâcher de la mettre en défenfe.

H

3.

L'ordre habituel doit n'avoir aucune partie foible.

Les mêmes raisons qui prouvent que l'ordre habituel doit avoir la plus grande force, prouvent aussi qu'il doit avoir cette grande propriété qui n'appartient qu'à la colonne de n'avoir aucune partie foible : car il doit être en état de combattre dans tous les terreins, & n'en trouvera pas toujours de faits exprès pour couvrir ses deux flancs. Tout n'est pas posté dans la nature : il faut donc, pour y suppléer, que l'ordre habituel soit un poste ambulant. Alors on ne s'embarrassera point de quel côté viendra l'ennemi, ni dans quel lieu il se présentera.

4.

L'ordre habituel doit avoir un fort petit front.

Cette même variété de terreins, à laquelle il faut que l'ordonnance habituelle s'accommode sans effort, demande encore que son front soit fort court, afin de défiler plus rarement, & marcher en bataille partout pays.

Les Plésions ont sur ce point moins d'avantage sur la Légion que sur tout autre systême : mais elles ne laissent pas d'en avoir encore beaucoup.

5.

L'ordre habituel doit être celui dont l'usage est le plus fréquent.

L'ordonnance habituelle doit être celle dont l'usage est le plus fréquent : car, s'il ne faut pas imiter la timidité de ceux qui regardent toute manœuvre comme impraticable, par la seule raison que c'est une manœuvre, il ne faut pas moins éviter l'excès opposé de se mettre mal à propos dans la nécessité de manœuvrer en toute occasion. Il est certain d'ailleurs que le Soldat vaut mieux dans son ordre naturel auquel il est plus habitué ; au lieu que dans tout autre il est un peu étranger : de sorte, par exemple, qu'il seroit peut-être fort difficile de rallier un Bataillon en colonne, ou une Plésion en Bataillon.

La colonne est l'ordre dont l'usage est le plus fréquent.

Mais la colonne est l'ordonnance dont l'usage est le plus fréquent. A ce mot le parti contraire crieroit au paradoxe ! Je crois pourtant avoir assez prouvé cette vérité dans les douzieme & treizieme chapitre de mon Ouvrage principalement.

En vain l'on me dira que l'ennemi connoiffant fon défavantage dans les affaires de choc, cherchera à les réduire toutes
à la moufqueterie. Oui, il cherchera : mais il ne fuffit pas
de chercher. Comment s'y prendra-t'il pour cela, vis-à-vis
d'une ordonnance qui réduit l'affaire uniquement aux armes
blanches, s'il y a feulement 50 toifes de terrein libre fur le
front des deux Armées ? Et quel eft le champ de bataille de
deux grandes Armées, où il ne s'en trouve pas infiniment
davantage ? Si l'ennemi fe fait une regle de fuir le combat,
jufqu'à ce qu'il trouve un ravin impraticable dont il puiffe
remparer toute la longueur de fon front, appuyant fes deux
flancs à d'autres obftacles de même efpece, il nous donnera
fouvent le plaifir de la chaffe *. A ce que je dis de la rareté
des champs de bataille qui réduifent à la moufqueterie, on op-
pofe l'expérience de prefque toutes les actions qui fe paffent
ainfi. Mais ignore-t'on que dans la plûpart de ces actions, on
étoit fort les maîtres de combattre autrement, que dans celles
mêmes où cela n'étoit pas poffible aux Bataillons, rien n'eût
empêché les Pléfions d'aller à la charge ? A Caffano, Mal-
plaquet, &c. pour les Pléfions le combat eût été fort court,
& purement d'armes blanches.

Pour prouver que les occafions d'employer la colonne dans
fon état naturel, font fans comparaifon les plus fréquentes,
je ne veux que le Mémoire de R. lui-même. Il donne fur la
fin quelques difpofitions particulieres pour différentes circonftances qui font les plus communes ; & dans toutes il emploie
prefque uniquement les colonnes. Autant valoit en faire fon
ordre habituel.

La premiere difpofition eft pour attaquer de front en plaine
une troupe à peu près égale en nombre. C'eft la feule où il
n'emploie pas les colonnes ; mais au moins l'on conviendra

Preuves que la colonne eft l'ordre dont l'ufage eft le plus fréquent, par les diffé-rentes difpofi-tions que don-ne le Cheva-lier de Rof-taing lui-mê-me.

---

* Quand l'ennemi trouveroit par hazard un pareil terrein, le plus fouvent la
colonne, bien loin d'y être déplacée, feroit la feule ordonnance qu'on pût y employer. A Haftenbeck, par exemple, il
n'y avoit pas un pouce de terrein libre
fur le front du champ de bataille. On mit
toute l'Infanterie Françoife en colonnes ;
& cela, non pas parce que c'étoit fon ordre habituel, mais parce qu'on ne pouvoit
faire autrement. Quel eft donc le terrein
pour lequel n'eft pas bonne une ordonnance qu'on peut employer partout où il y en
a de libre, & qu'on eft encore obligé d'employer lorfqu'il n'y en a point ?

qu'il pouvoit les y employer, & qu'elles auroient été encore
plus fûres de percer, que fes Bataillons à 6 de hauteur. Au
refte cette premiere difpofition fans colonnes n'eft pas fort néceffaire, puifque R. en donne une feconde pour combattre
dans le même terrein, fuppofant même l'ennemi dans un ordre plus formidable, & fur *deux lignes épaiffes d'Infanterie,
ou foutenues par de la Cavalerie.*

Dans ce fecond combat qui eft plus férieux, il n'a garde
d'oublier les colonnes. Il met donc toute fon Infanterie dans
cet ordre & dans celui de moufqueterie, alternativement par
demi-Bataillon. Telle eft notre ordonnance habituelle; des colonnes mêlées de corps d'Infanterie à 3 de hauteur, pour les
flanquer & les protéger par leur feu, & foutenues par des ré-
ferves de Grenadiers à pied & à cheval : nous voilà. S'il y a
encore quelques petites différences, je prouverois aifément
qu'elles font à compter pour rien : pour abréger, je me contenterai d'obferver, fur ce que l'on pourroit croire que les Pléfions ne font pas auffi bien protégées par le feu de leurs pelotons
que les colonnes de R. par le feu des demi-Bataillons, qui eft
plus confidérable : 1°. Que fi les Pléfions font rapprochées, elles
fe protegent l'une l'autre, & n'ont pas befoin de tant de pro-
tection de feu, d'autant plus qu'elles partagent entr'elles celui
de l'ennemi. 2°. Que fi elles font plus éloignées & oppofées
chacune à chaque Bataillon, le feu des pelotons eft fuffifant,
comme on l'a vu dans mon Chapitre neuvieme. 3°. Enfin que
fi on veut les faire foutenir par une moufqueterie plus nombreufe, il eft bien aifé d'y joindre de nouveaux pelotons qu'on
tirera de la queue des Pléfions : comme elles ne font pas fi foibles que les petites colonnes de R. il y a de l'étoffe.

Sa troifieme difpofition eft pour un terrein mêlé de plaine
& de pays fourré. Il met en colonnes tout ce qui eft en face
du terrein ouvert & en ordre de moufqueterie, tout ce qui
eft en face du terrein coupé ; & moi auffi. Toute la différence entre nous deux, c'eft qu'il fait quitter l'ordre habituel
à tout le monde, au lieu que je n'ai à faire manœuvrer que la
partie qui ne peut être abordée.

La quatrieme difpofition eft pour déborder l'ennemi, &
pour l'attaquer en flanc, fuppofant que ce flanc n'eft pas ap-

puyé. Pour cela, il met en ordre de moufqueterie toute la partie qu'il veut refufer, & lui fait faire grand feu, pendant que le corps deftiné à faire l'opération, & qui, comme on juge bien, eft encore en colonnes, paffe derriere pour marcher aux flancs de l'ennemi. Cette difpofition qui a le même objet que l'oblique ou le perpendiculaire, ne me paroît pas tout-à-fait fi prompte ni fi fûre: la partie foible n'eft pas affez refufée, & un ennemi qui n'auroit pas de vocation pour la moufqueterie, culbuteroit les Bataillons à 3 de hauteur, avant que les colonnes euffent fait leur coup.

La cinquieme difpofition pour l'attaque & la défenfe de retranchemens, & la fixieme pour l'attaque d'un pont ou d'un défilé, font, comme la feconde, mêlées de colonnes & de moufqueterie.

La feptieme, pour paffer après avoir forcé, eft dans le même goût: encore l'Auteur fait-il remarquer que le plus fouvent, en ce cas, il faut mettre tout en colonnes.

La huitieme, pour une retraite, toute en colonnes.

La neuvieme qui n'eft bonne, comme dit l'Auteur lui-même, que pour fe maintenir un inftant en attendant un fecours peu éloigné, eft une efpece de Bataillon quarré dont les angles font fortifiés par des colonnes.

On voit donc que notre Auteur ne donne aucune difpofition, dans laquelle il n'emploie les colonnes, tantôt uniquement, tantôt conjointement avec la moufqueterie. Autant valoit, encore une fois, en faire fon ordre habituel : il auroit épargné bien des manœuvres à fes troupes.

6.

L'ordonnance habituelle doit être la plus légere & la plus mobile, & furtout mobile en tout fens : c'eft la premiere pofition des troupes, & la fource de toutes les manœuvres. C'eft elle qui exécute les changemens d'ordre : il faut donc qu'elle foit propre à les exécuter avec facilité, promptitude & fûreté.

On a vu affez dans le *Projet de Tactique*, à quel point les Pléfions ont cette propriété, & combien il eft impoffible à toute autre ordonnance de les imiter dans toutes les grandes manœuvres & changemens d'ordres de bataille, qui, pour elle,

L'ordonnance habituelle doit être la plus légere, la plus mobile, & la plus propre aux grandes manœuvres.

font un badinage. Les Légions, dira-t'on, pour faire les mêmes manœuvres avec la même facilité, se mettront en colonnes. D'accord : mais c'est pour elles cette affaire de plus. D'ailleurs il ne faut pas imaginer qu'elles exécuteront pour cela ces manœuvres, avec la même promptitude & la même facilité que les Pléfions. Je l'ai déja remarqué ailleurs, le Soldat qui n'est point dans son ordre accoutumé est tout desorienté; les Officiers, les moins instruits au moins, ne laissent pas aussi d'être un peu déroutés, & il en résulte, pour toute la troupe, une totalité de maladresse, capable de faire manquer tout net un mouvement même fort aisé; ou si cela ne va pas jusques-là, capable au moins de faire honte à une Légion, qui verroit avec quelle netteté & quelle vivacité les Pléfions exécuteroient telle manœuvre, qu'elle-même n'auroit conduite à fin qu'à force de peine, & en tâtonnant.

Toute autre Troupe que des Pléfions de profeffion ne réuffira pas fi bien qu'elles en colonnes.

Généralement ce feroit s'abufer que d'imaginer qu'aucune autre troupe, telle qu'elle puiffe être, tirera parti de la colonne, comme celle dont cette forme feroit l'état habituel, & fera de cette ordonnance tout ce qu'en pourroient faire des Pléfions. Que peut-on demander à celle qui n'est dans cet ordre qu'en paffant ? Deux chofes feulement, qui font auffi les feules que demande R. à fa colonne, de marcher en tout fens & de fe féparer. C'est beaucoup en comparaifon de ce que peut faire un Bataillon devant l'ennemi : ce n'est rien en comparaifon de ce que fait la Pléfion; elle a beaucoup d'autres manœuvres fort utiles, mais qu'il ne faut pas fe mettre en tête d'apprendre à des Bataillons. La colonne elle-même n'étant qu'une de leurs manœuvres, fi on va les charger d'une foule d'autres petites manœuvres dépendantes de celle-ci, ils ne viendront jamais à bout de les fçavoir; & quand ils y viendroient, ayant rarement occafion d'en faire ufage, bientôt ils les négligeroient & les oublieroient totalement : cela est bon pour les Pléfions. Ces petites manœuvres dépendantes de la colonne font leur feule affaire, c'est-là leur métier : elles ne s'occupent d'autre chofe, tandis que les Bataillons fuent fang & eau pour faire des quarts de converfion, pour former la colonne elle-même, en un mot pour exécuter toutes les manœuvres dont les Pléfions n'ont que faire. Des Bataillons, légionnaires ou autres, en

colonnes, pourvu qu'ils foient un peu exercés à cette manœuvre, feront capables de marcher en tout fens au grand pas
redoublé, & de fe féparer pour marcher par les flancs, fe féparer tant bien que mal, fans converfion pourtant ; mais ces
colonnes paffageres n'auront pas les propriétés de la Pléfion.
Ce n'eft pas des colonnes de cette efpece qui courront en
bataille, qui feront fûres de ne jamais fe déranger, & qui,
quand elles feroient entiérement rompues, fe reformeroient
dans l'inftant ; qui, lorfqu'elles fe trouveront refferrées dans
quelque partie, & obligées en même temps de s'amufer à tirer, profiteront de la circonftance pour faire un feu quadruple
de celui de l'ennemi, &c.

§ VI.

Obfervations fur les colonnes du Chevalier de Roftaing.

Notre Auteur penfe comme moi, qu'il vaut mieux multiplier les colonnes que d'en faire de trop fortes, & n'en fait jamais que d'un Bataillon, ou même d'un demi-Bataillon.

Pour la former il fait faire demi-tour à droite à fon Bataillon ou demi-Bataillon, puis en arriere à chacune de fes
moitiés un quart de converfion, de maniere qu'elle fe trouve
formée par ce feul mouvement, & que les deux files du centre du Bataillon ou demi-Bataillon, deviennent le front de la
colonne.

La colonne ainfi formée par des Bataillons à 6 de hauteur,
n'a que 12 de front : cela paroît un peu trop mince. Folard
a fixé à 16 files fa plus grande ténuité, & je crois avoir eu
raifon de le fuivre en cela. De plus, elle n'a aucune divifion
parallele au front, & par conféquent ne peut avoir toute la
légéreté dont cette ordonnance eft capable, c'eft beaucoup
même fi elle marche auffi bien que le Bataillon, d'autant plus
qu'elle ne laiffe pas d'être fur une grande profondeur, lors
même qu'elle n'eft que d'un demi-Bataillon. Au refte fi l'Auteur a négligé dans fa colonne ces divifions, qu'il a fi bien
obfervées partout ailleurs : par la conftitution de la Légion, il
eft aifé de les y établir.

Sa colonne d'un Bataillon fur 12 de front, a plus de 60

hommes de profondeur; ce qui eft très-contraire aux proportions dont lui-même fait ailleurs une regle, proportions qui
font les mêmes que celles de la Pléfion. Si nous fuppofons
que le Bataillon n'a que 600 hommes effectifs, comme il
aime à le fuppofer pour ramener chaque corps à 50 de front,
quoiqu'il ait diminué la hauteur des files de 8 à 6, la colonne d'un Bataillon aura toujours ces 50 de profondeur. C'eft
encore trop, & bien au-delà de la proportion.

C'eft pour cela fans doute qu'il préfere la colonne d'un
demi-Bataillon. Celle-ci eft toute pareille à une des manches
de la Pléfion, fuppofant le Bataillon complet. Outre la trop
grande petiteffe du front, & le défaut de divifions paralleles,
on peut lui reprocher l'excès de foibleffe. En vain l'Auteur dit
qu'ayant à combattre un ordre très-foible, & étant fûr de
percer facilement, on doit moins s'attacher à entaffer des forces qu'à multiplier les corps pénétrans : on peut, comme je
l'ai prouvé ailleurs, les multiplier autant qu'il eft néceffaire
pour la victoire, fans les faire fi foibles, qu'ils deviennent
incapables des manœuvres néceffaires pour la rendre plus
complette; & telle eft la colonne d'un demi-Bataillon. Lorfqu'elle fe fépare, fuppofant qu'elle n'a pas perdu un homme,
& que la troupe eft complette, elle ne préfente de chaque
côté qu'un peloton de 32 de front, 6 de hauteur, tendant le
flanc à la feconde ligne ennemie. Cela n'eft pas difficile à renvoyer : ce n'eft pas-là notre féparation & changement de front
par pléfionnettes.

Je ne conviens point avec notre Auteur, que des parapets
ou ravins à franchir, dérangent * fi aifément la colonne, &
qu'elle fe remette en ordre fi difficilement qu'il le fuppofe.
Il me paroît au contraire évident, & il l'a reconnu lui-même
bien des fois, que la briéveté du front donne grande facilité
de maintenir fon ordre, & de le reprendre s'il eft dérangé. La
hauteur des files n'y fera pas un obftacle, quand on aura des
divifions paralleles au front. Ainfi ce reproche qu'il fait à la

---

* Sans doute de tels obftacles cauferont ils moins un bataillon? ou le dérange-
toujours quelque dérangement; & on ment du Bataillon fe répareroit-il plus ai-
marcheroit plus aifément en terrein fait fément?
exprès : mais ces obftacles dérangeroient-

colonne

colonne en général, peut tomber fur la fienne ; mais non pas fur la Pléfion.

Pour faire tirer la colonne, le Chevalier de R. laiffant en place les trois premiers rangs, fait fortir par la droite les trois fuivans, & par la gauche les trois qui fuivent ces derniers ; pendant que tous ces rangs font leur feu, ceux qui les fuivent fortent de même pour tirer à leur tour, auffitôt que les premiers auront rentré. Cette manœuvre qui reffemble un peu à celle que j'ai appellée *feu de manches*, & donnée dans le Projet de Tactique (planche 4, figure 4), n'eft pas à beaucoup près auffi facile & auffi nette.

Ici les rangs d'une Compagnie fe mêlent avec ceux d'une autre, & dans la même, les uns fortent par la droite, les autres par la gauche ; d'ailleurs plufieurs tranches font en même temps différentes manœuvres : cela eft trop compliqué, & je ne fuis point du tout étonné de ce que dit une note marginale, de la difficulté que l'on a trouvée dans l'exécution.

Dans le feu de manches au contraire, un feul commandement fait fortir toute la Pléfion, excepté les trois premiers rangs : & il n'y a pas à craindre qu'une tranche qui doit aller à gauche aille à droite, puifque toute la manche droite fort par la droite, toute la gauche par la gauche. Les Compagnies reftent enfemble : enfin après le premier mouvement fort fimple de fortir par manche entiere, il n'y a plus de manœuvre que pour une tranche à la fois ; de forte qu'il ne peut y avoir ni mal entendu, ni confufion. J'aurois parié que la manœuvre de R. n'auroit pas réuffi, furtout fi on avoit voulu s'en fervir devant l'ennemi, comme je répondrois que le feu de manches réuffira partout où on voudra l'employer. *

Il faut remarquer de plus que, dans cette derniere manœuvre, on n'a à parcourir, pour fortir & rentrer, que la moitié de la longueur du front de la colonne ; au lieu que, dans celle de R. il faut parcourir cette longueur toute entiere.

---

* Avec cela, cette manœuvre de moufqueterie eft une de celles dont je me fuis détaché, non que je la trouvaffe mauvaife, mais parce que j'en ai de meilleures à choifir.

§ VII.

Armement.

Nous fommes affez d'accord fur cet article, le Chevalier de R. & moi : il voudroit, comme moi, des épées courtes & tranchantes, dans le goût de celles des Romains, c'eft-à-dire de grands poignards, ou de petits couteaux de chaffe. Il rétablit les piques ou pertuifannes, ne les trouvant pourtant fort néceffaires que contre la Cavalerie. Sans doute contre l'Infanterie armée de bayonnettes, on fera affez fort étant armé de même ; mais on auroit de l'avantage, fi on avoit des armes de longueur, puifque R. a dit en propres termes, que fi on les mêle avec les autres, on met l'Infanterie dans un plus grand état de force.

La maniere dont il fraife fes Bataillons, mettant tous les Officiers & Sergens au fecond rang & fecondes files des flancs, n'eft peut-être pas abfolument mauvaife : cependant je crois que peu de perfonnes la préféreroient à la mienne, & je ne fçais fi une troupe fe trouveroit fort bien de n'avoir aucun Officier à la tête ni à la queue.

Quoi qu'il en dife, la diminution de feu, occafionnée par le nombre de fes pertuifannes, eft à peu près d'un feptieme, comme celle de Folard. Il ne compte de diminution que celle des Soldats à qui il ôte les fufils, parce que les Officiers n'en ont pas aujourd'hui ; mais fi l'on veut ils en auront demain : & Folard les comprend dans le feptieme de fa troupe, quand il dit que cette partie fera armée de pertuifannes.

Dans la Pléfion j'ai par Compagnie 11 Piquiers, & dans toute la troupe 160 Officiers ou Soldats qui n'ont point de fufil ; fur 850 c'eft prefque $\frac{1}{5}$: mais c'eft que je fraife toutes les têtes des Sections, ce qu'on pourroit ne pas faire fi l'on craignoit trop la diminution du feu. Telle qu'elle eft chez moi pourtant, elle fe réduit à peu de chofe comparée à l'état préfent des Bataillons. Sur 42 hommes aujourd'hui il y en a 4 qui n'ont pas de fufil, c'eft à peu près $\frac{1}{10}$. Il n'y a donc dans la Pléfion que $\frac{1}{10}$ de fufils de moins, qu'il n'y en a aujourd'hui dans pareil nombre d'Infanterie.

Le Chevalier de R. trouveroit bon qu'un premier rang de colonnes fût armé de boucliers avec les épées à la Romaine, & le second de pertuisannes. On le croira, si l'on veut, j'y ai pensé : mais regardant la légéreté comme le meilleur bouclier, je n'ai point voulu affubler de cette pesante armure une troupe que je voulois faire courir. Si, à mon grand étonnement, l'expérience prouvoit l'impossibilité de la course, on pourroit faire usage de cette idée. *

§ VIII.

Du Feu.

Je souhaite pour la France que tous ses Soldats, & pour le succès de mon Projet, que tous ceux qui le verront, pensent, comme le Chevalier de R. que le feu de pelotons, si vanté, fait beaucoup de bruit & très-peu de mal. Il appuie cette opinion d'un fait qu'il tient de très-bonne part, & qui mérite attention. *Après la bataille de Kzaflaw, la ligne d'Infanterie des Pruffiens étoit marquée par un tas prodigieux de cartouches, lequel auroit fait préfumer la deftruction totale de l'Infanterie Autrichienne, de laquelle il y eut cependant à peine 2000 hommes tués ou bleffés :* & l'on veut que le feu du Bataillon empêche la Pléfion d'arriver à lui, tandis qu'elle ne l'effuie qu'un moment, & que la petiteffe de fon front l'y dérobant, elle n'en effuie réellement, pendant ce moment, que la huitieme partie : car le feu direct eft le feul qui mérite attention. J'ai encore pour garant de ceci, l'infatigable Avocat des Pléfions. *Le feu oblique, dit-il, n'eft point redoutable ; & en le suppofant poffible, il ne peut être pratiqué tout au plus que par le premier rang d'un Bataillon ; & pour peu que le Bataillon foit étendu, la direction de ce feu fe divife en rayons fi diftans les uns des autres, qu'il devient de nul effet.*

---

* Je fçais actuellement que l'expérience ne prouvera jamais pareille chofe. Il ne refteroit donc fur ceci qu'une chofe à éprouver, fi on pourroit faire des boucliers affez légers pour ne pas empêcher la courfe. Cela pourroit être : les Romains avoient des boucliers, & couroient. Ce feroit une découverte très-intéreffante. Si elle ne peut fe faire, les Pléfions s'en pafferont, comme s'en paffent les Bataillons, pour qui les armes défenfives feroient bien plus néceffaires, puifqu'ils effuyent le feu bien plus long-temps.

Notre Auteur obferve que le feu de *Bilbaude* eft plus meurtrier & plus inquiétant que le feu des pelotons, & cite à ce fujet la bataille de Parme, & une occafion où Turenne même l'ordonna. Il dit encore qu'il feroit fort à fouhaiter de donner au feu cette propriété deftructile, & en même temps de le rendre perpétuel & régulier. Cela eft très-vrai ; mais par hazard certains feux de la Pléfion ne réuniroient-ils pas les deux qualités ? Je le croirois affez. Car pourquoi le feu de pelotons n'eft-il pas auffi meurtrier qu'il devroit l'être ? Parce que les Soldats font dans une fituation gênée en tirant, & que la néceffité de tirer tous précifément à la fois, eft encore une autre gêne, & les oblige de trop fe preffer. Mais dans la plûpart des feux de la Pléfion, la troupe eft difpofée de maniere que fans retarder fon feu, on peut très-bien ne faire tirer qu'un rang ou deux à la fois : & comme chacun de ces rangs eft fort court, ce fera le feu de Bilbaude véritable, avec cette feule différence qu'il fera perpétuel & régulier. Si l'on fait attention de plus, que le Soldat charge toujours à couvert, & par conféquent toujours bien, & que par la difpofition où l'on eft, on a une moufqueterie plus nombreufe que celle de l'ennemi, on fe convaincra que ces feux de la Pléfion font tout ce qu'on peut imaginer de plus meurtrier.

Le Chevalier de R. remarque une propriété de fa Légion, qui ne me paroît pas fort intéreffante, c'eft d'être capable d'une très-grande extenfion de front, *pour une formidable exécution de moufqueterie.* Je me trouve obligé de relever cette mauvaife idée, qui feroit abfolument contraire à la plûpart des feux de la Pléfion. Celui de la Légion étendue, au moyen des intervalles qu'on a laiffés entre les corps, & de ce que les files ne font pas fort ferrées, n'eft pas plus formidable que la même dofe de feu fortant d'une ligne contiguë & mieux ferrée. Mais, dit R. *c'eft pour porter du feu fur une ligne plus nombreufe d'ennemis.* Bel avantage ! & cette ligne plus nombreufe d'ennemis en portera fur vous. Oppofez 4000 hommes en ligne pleine à 3 de hauteur, à 4000 ennemis qui bordent un ruiffeau dans le même ordre, ces 4000 hommes combattront à jeu égal ; alongez-les au point qu'ils aient 8000 ennemis en tête, votre feu fera inférieur de moitié : cela eft

Flair, ce me femble, & je ne fçais à quoi R. penfoit quand il a fait ce morceau.

Une véritable propriété eft celle qu'il fait remarquer enfuite dans la Légion, & dont j'ai déja parlé ailleurs, de pouvoir, fe mettant en colonnes, raccourcir fon front fans perdre l'avantage de la moufqueterie : mais cette propriété qui eft de la plus grande importance, dans les cas où on veut éloigner l'ennemi par fon feu d'un ravin ou ruiffeau qu'il borde, c'eft-à-dire à peu près dans tous les cas où les Pléfions peuvent fe trouver réduites au combat de moufqueterie, fe trouve en elles bien mieux encore que dans la Légion ; car, comme nous l'avons vu, elles peuvent, fans fe priver de l'ufage de la moufqueterie, fe refferrer encore bien davantage, & par conféquent à même nombre d'ennemis, oppofer bien plus de feu. Celui de la Légion refferrée dans l'efpace de 280 toifes, & tirant toute entiere, eft fupérieur à peu près du double à celui de la ligne de Bataillons ordinaires : mais plufieurs des feux des Pléfions font encore plus forts de moitié. Elles éloigneront donc bien vîte la Légion elle - même, d'une partie qu'elles voudront forcer ; & auffitôt ces mêmes Pléfions rapprochées, pafferont comme elles fe trouvent, pour charger avec la même fupériorité d'armes blanches, l'ennemi que je fuppofe s'être reformé à quelque diftance, & le charger dans tel ordre qu'il leur plaira, perpendiculaire double, double oblique, divifions de bataille, ou ligne déployée : car tous ces ordres, excepté le dernier, font également prompts, & fe forment fans les retarder d'un moment, & tous font également tranquilles fur leurs flancs, même ceux qui paroiffent débordés.

§ IX.

Marche & mouvemens.

Selon R. comme felon moi, c'eft la grande extenfion du front, & le peu de profondeur dans les files, qui retardent la marche, caufant le flottement & la défunion. Il foutient que fi on ôte ces défauts d'une ordonnance, elle marchera avec une juftelffe & une précifion prefque géométriques.

Le même Auteur trouve le pas oblique d'un grand ufage

pour furprendre l'ennemi, portant brufquement une colon'ue
dans l'un de fes flancs, ou telle autre partie foible, & prétend
qu'il ne pourra apporter à ce mal d'autre remede, que le quart
de converfion: *remede auffi dangereux que le mal. On conçoit,*
ajoute-t'il, *que ce mouvement de déclinaifon ne peut produire
un grand effet, que dans une troupe peu étendue. C'eft pourquoi j'applique cette propriété principalement à la colonne.*

Il fait pourtant, dans le Bataillon, un ufage affez fréquent
de ce pas oblique ; c'eft lorfqu'après avoir doublé les files pour
paffer de 3 à 6 de hauteur, elles fe trouvent ouvertes : alors
il les fait ferrer *en marchant en avant, & fe rapprochant du
centre des Bataillons.* Je rapporte ceci, parce que s'il eft poffible de fe porter ainfi de 50 pas fur la droite ou la gauche, en fe
refferrant, il eft très-facile, à plus forte raifon, de s'y porter de
10 ou 12 pieds, en fe refferrant de même, comme cela fera
néceffaire dans la Pléfion, fi, pour la faire courir, on eft obligé
de lâcher un peu les files.

De tous les mouvemens dont un ordre peut être capable,
il en eft peu d'auffi importans que ceux de s'étendre & de fe
refferrer, dont nous avons parlé dans la Section précédente.
Par le premier, on fupplée dans le befoin au petit nombre de
fes troupes ; ce n'eft que par le fecond qu'on peut ufer de toute
fa fupériorité contre un ennemi plus foible, mais bien pofté,
& que par conféquent on ne peut combattre que de front.

Ces deux avantages manquent totalement au fyftême accoutumé. Il ne peut s'étendre qu'en laiffant entre les corps des
efpaces qui, pour lui, font fort dangereux ; il ne peut fe refferrer qu'en multipliant les lignes : ce qui, comme je l'ai prouvé
ailleurs, n'eft pas de grande utilité.

La Légion poffede la propriété de *s'étendre* pour un combat
d'armes blanches, très-fupérieurement à l'ordre ordinaire ;
parce que, fans beaucoup de danger, elle peut augmenter fes
intervalles à certain point : mais il ne faut pas aller trop loin.
Il n'y a que les Pléfions pour qui cette propriété n'a point de
bornes.

S'il eft queftion d'un combat de moufqueterie, tous les
fyftêmes imaginables font également fufceptibles d'extenfion ; mais, comme nous l'avons vu, il ne feroit que nui-

fible de s'alonger au - delà la ligne pleine à trois de hauteur.

Pour ce qui eſt de ſe reſſerrer, on a vu encore que les Légions en ſont plus capables que les Bataillons, ſoit pour la mouſqueterie, ſoit pour l'arme blanche, & que les Pléſions en ſont auſſi bien plus capables que les Légions.

Cette progreſſion d'avantages ſe trouve de même dans tous les autres mouvemens. Les Légions tiennent aſſez généralement le milieu entre l'inertie des Bataillons, & l'agilité des Pléſions. Par exemple, les mouvemens de converſion ſont beaucoup moins difficiles & moins dangereux dans les Légions, que dans les Bataillons ordinaires, chaque corps étant ſur un plus petit front. Mais ni la difficulté, ni le danger de ces mouvemens ne ſont totalement ôtés. C'eſt donc encore un grand déſavantage dans les Légions, comparées aux Pléſions qui les ſuppriment entiérement.

L'Auteur reconnoît dans ce mouvement les défauts que je lui ai reprochés, & avoue qu'il demanderoit beaucoup de vivacité dans ſon exécution, mais qu'il faut renoncer à cette vivacité, par l'impoſſibilité de la concilier avec la juſteſſe. Quoique le quart de converſion ſoit bien plus prompt chez lui, il ſent la néceſſité de le dérober à l'ennemi, ſi on oſe le faire à portée de lui, & il obſerve que la briéveté du front de ſon Bataillon le met en état de ſe faire maſquer par ſes pelotons détachés. Je fais maſquer ainſi quelquefois les Pléſions, mais plus agréablement ; car ce n'eſt pas pour dérober à l'ennemi des manœuvres périlleuſes, mais pour lui en cacher qui ne ſont dangereuſes que pour lui. R. finit ſur les converſions par dire nettement, que leur plus grande utilité eſt de lui ſervir à former la colonne.

Je ne m'arrêterai point davantage à examiner les différens mouvemens des deux ſyſtêmes. On a aſſez vu que ce qui les facilite aux Légions, eſt la petiteſſe du front de chaque corps, & la commodité des diviſions, deux choſes qui les rendent plus faciles encore aux Pléſions ; que la foibleſſe des flancs empêche ſouvent les Bataillons légionnaires de tenter des manœuvres qui ſeroient fort utiles, & qui, pour les Pléſions, n'ont aucun danger ; que les Légions ſont incapables de la plûpart des changemens d'ordre, qui pour les Pléſions ſont fûrs & faciles. Enfin on a dû remarquer par l'examen des deux fyftêmes, que fouvent les Légions ont à manœuvrer dans des cas où les Pléfions en font difpenfées; & que quoique ces dernieres foient capables d'un plus grand nombre de grandes manœuvres, elles n'ont pas befoin d'un fi grand nombre de motions élémentaires, ce qui rend cette Tactique plus fimple que celle de R. & aucune autre.

§ X.

Conclufion.

Le Mémoire du Chevalier de R. finit par une petite récapitulation des avantages de la Légion. Ce feroit abufer du loifir de mes Lecteurs, que de la rapporter d'un bout à l'autre, pour faire voir que de tous ces avantages il n'y en a pas un qui ne fe trouve dans les Pléfions auffi bien ou mieux.

Je n'ai pas cru néceffaire non plus d'appuyer fur toutes les conformités que je rencontrois à chaque pas dans ce Mémoire. Je n'ai pas fait remarquer, par exemple, qu'au fujet de la Cavalerie, nous nous fommes copiés l'un l'autre fans le fçavoir. L'Auteur a dit, comme moi, que l'Infanterie des Anciens ne craignoit point cette arme, & que celle des Modernes n'eft plus en état de lui réfifter par *la deftruction des armes de longueur, le peu de folidité & de profondeur, & la trop grande étendue du front.* Plus d'une fois nous nous fommes rencontrés plus finguliérement, & jufques dans les petits détails des idées. Par exemple, dans la comparaifon des deux ordres des Anciens, il dit que celui des Grecs avoit la force, & celui des Romains l'adreffe; tandis que je les comparois à deux Athletes, l'un plus fort, l'autre plus adroit. N'eft-ce pas fe piller groffiérement?

On a vu par tout ce que nous avons dit fur les Légions: 1°. Que l'Auteur demande les mêmes propriétés fondamentales que j'ai demandées, paffant feulement fur une des plus néceffaires, parce qu'il fent bien que fa Légion n'y peut atteindre. 2°. Qu'il reproche à la méthode ordinaire le défaut de ces propriétés, & prouve qu'elles lui manquent par les mêmes raifons dont je me fuis fervi pour cela. 3°. Que pour donner

ces

ces propriétés à fes Bataillons légionnaires, il emploie les mêmes moyens que j'ai employés, la hauteur des files, & la petitefle du front; mais ne les emploie qu'autant que cela eft poffible, fans rejetter la forme de Bataillon. D'où il fuit que les Pléfions ont ces propriétés, fupérieurement aux Légions elles-mêmes.

Je crois donc qu'à bien examiner ce Mémoire, tout Lecteur, indépendamment de mes obfervations, fe convaincroit que ce fyftême eft bon, & le mien meilleur : car les mêmes raifons qui établiffent la fupériorité de la Légion, établiffent la fupériorité plus grande des Pléfions, & il n'eft peut-être aucune des propofitions principales de mon ouvrage, qui ne foit prouvée dans celui-ci. On a vu, par exemple, qu'il prouve que les Pléfions, dans le befoin, fe donneront aifément un feu même fupérieur à celui des Bataillons, & que les manœuvres qui leur feront néceffaires pour cela, fe feront toujours à loifir & fans danger. Deux points qu'il ne faut pas oublier.

S'il y a une différence confidérable entre les deux fyftêmes par rapport à l'ordre habituel, j'ai affez prouvé par R. lui-même, que la Pléfion rempliffant avantageufement tous les objets, tient lieu de fes trois ordonnances; de forte qu'il n'y a aucune raifon de ne pas s'en tenir à elle, & qu'il y en a beaucoup en revanche de toujours marcher, manœuvrer, combattre & camper dans cet ordre.

ARTICLE V.

FRAGMENT.

Balance des raifons pour & contre le nouveau Syftéme.

Pour établir que le nouveau Syftême eft préférable à celui qui eft actuellement en ufage, j'ai dit :

1°. Que la Pléfion eft   *Avoué généralement.*
plus forte pour le choc, &
sûre de renverfer tout ce
qu'elle chargera.

2°. Qu'elle n'a point de parties foibles.

Avoué un peu moins généralement. Mais j'ai *démontré* qu'on ne peut achever le mouvement néceffaire pour aborder les flancs de la Pléfion, fi on ne le commence lorfqu'elle eft encore affez éloignée, pour pouvoir s'y dérober, marchant par la droite ou la gauche ; que d'ailleurs ce mouvement, autant de fois qu'on le tenteroit fans exception, tendroit le flanc du Bataillon lui-même à des corps prêts à le charger de front ; enfin que le flanc d'une Pléfion devient front de deux pléfionnettes, par un mouvement fans comparaifon plus court que le quart de converfion du Bataillon. Cette feconde raifon de préférence qui fut toujours très-vraie, eft donc devenue de plus *abfolument inconteftable.*

3°. Qu'elle eft plus légere.

Avoué des uns, contefté par les autres, démontré dans l'Article III de ce Mémoire.

4°. Que les Pléfions feules font capables de varier leurs difpofitions, & de paffer de l'une à l'autre devant l'ennemi, rapidement & fans danger.

Démontré géométriquement & en conféquence, felon ce que j'ai pu voir, *généralement avoué.*

5°. Que toutes leurs manœuvres font fans comparaifon plus faciles que celles des Bataillons, puifqu'elles ne confiftent qu'à faire des à droite ou à gauche, marcher & s'arrêter.

Evident & avoué.

6°. Qu'elles ne feront jamais obligées de manœu-

La premiere partie *généralement avouée.*

vrer devant l'ennemi, fi ce n'eft dans un feul cas où une manœuvre ne peut être dangereufe.

La feconde *évidente & amplement prouvée* dans ce Mémoire.

7ᵉ. Qu'elles s'accommodent mieux à toutes fortes de terreins.

Evident & avoué.

8°. Qu'elles font indépendantes l'une de l'autre, de forte que la défaite de quelqu'une n'eft pas dangereufe pour fes voifines, comme celle d'un Bataillon pour fes collatéraux.

Suite néceffaire de la feconde raifon de préférence ci-deffus.

9°. Que cette ordonnance & cette façon de combattre, conviennent plus qu'aucune autre à notre Nation.

Avoué généralement.

10°. Que cet ordre a eu mille fois les fuccès les plus brillans, & que fi quelquefois il n'a pas réuffi, on voit clairement par les faits que ce n'étoit pas fa faute.

Prouvé par l'Hiftoire.

11°. Que c'eft l'ordre le plus propre à réfifter à la Cavalerie.

Cette propofition *reconnue généralement*, pourvu qu'elle foit renfermée dans ces termes : mais c'en eft affez pour établir la raifon de préférence.

12°. Que les cas les plus fâcheux ne le font point pour cette ordonnance, & qu'elle eft la feule qui puiffe tirer une troupe d'un mauvais pas.

Démontré géométriquement, éprouvé & admis même.

13°. Que dans cet or-

Evident & avoué.

dre on fait combattre plus de troupes à la fois.

14°. Que l'on n'a pas besoin de bons postes.

Démontré par les propriétés précédentes.

15°. Que les victoires seront plus promptes, plus complettes & moins achetées.

Idem.

16°. Que dans cette ordonnance on est plus capable de s'étendre & de se resserrer selon le besoin.

Démontré géométriquement.

17°. Que c'est l'ordonnance la plus avantageuse pour les cas où l'on est supérieur, & pour ceux où l'on est inférieur.

Suite nécessaire.

18°. Que c'est l'ordre le plus propre aux différentes circonstances & à toutes les opérations de la guerre, chacune en particulier.

Amplement prouvé par le Commentaire de Polybe, le Mémoire du Chevalier de Rostaing, le Projet de Tactique, les propriétés précédentes, & de plus par tous les Auteurs militaires, dont on ne prendroit que les principes & les regles, laissant leurs dispositions.

Je pourrois pousser infiniment plus loin cette récapitulation apostillée, & je ne ferois en cela que ce que peut faire le premier qui aura examiné mon Livre & ce Mémoire : mais pour finir, contentons-nous de dix-huit bonnes raisons de préférence, & ramassons toutes celles qu'on nous oppose, pour les mettre de l'autre côté de la balance.

On nous objecte,

1°. Que la colonne est pesante.

Démontré absurde à l'Article III de ce Mémoire.

2°. Qu'elle est débordée.

Anéanti par la seconde raison de préférence.

3°. Que le feu de l'ennemi lui fera beaucoup de mal.

Sa foiblesse contr'elle, *démontrée géométriquement.*

4°. Qu'elle n'en fait point elle-même.

Démontré dans le troisieme & le quatrieme Article de ce Mémoire, qu'elle en fournit autant & plus que l'ordre ordinaire, toutes les fois que cela est nécessaire ; & cette propriété *admise* par d'autres que Folard & moi.

5°. Qu'elle sera détruite par le canon.

Prouvé dans l'Article III, que les Pléfions en souffriront moins que l'ordonnance accoutumée ; & que, quand cela ne seroit pas, *ce ne seroit point une raison suffisante de rejetter ce systême.*

Voilà tout, je pense. N'a-t'on pas pitié de ces quatre ou cinq pauvres petites objections, qui, indépendamment des réponses, font étouffées par tant de raisons triomphantes ? Quand ces objections seroient un peu meilleures, tiendroient-elles contre tant & de si fortes armes ? Tiendroient-elles seulement contre ces deux propositions incontestables, que toutes les fois que les Pléfions pourront charger, elles feront supérieures ; que toutes les fois qu'elles ne le pourront pas, donnant un feu égal ou même supérieur, tout au moins elles ne feront pas inférieures.

Je ne sçais si on aura plus d'égard aux objections qu'à nos preuves : mais je sçais, pour revenir à la comparaison qu'on a vue * il y a un moment, que ceux qui auroient fait beaucoup d'attention aux raisons que j'opposois aux bastions, auroient eu grand tort ; que cependant elles avoient meilleur air que celles qu'on nous oppose, & que l'Inventeur n'auroit pu y donner des réponses plus satisfaisantes que les nôtres. Tout au contraire, il y en a telle sur laquelle il auroit été obligé de passer condamnation. Il est vrai qu'il auroit donné des preuves de la supériorité de son systême, & de fort bonnes, mais non pas meilleures, ni en aussi grande quantité, que celles que nous donnons de la supériorité des Pléfions.

---

* On ne l'a point vue, parce qu'elle étoit dans ce même Article cinquieme, dont le commencement a été supprimé. Je la crois bonne à voir.

ARTICLE VI.

§ I.

Raisons de faire l'expérience du nouveau Systême.

Si toutes les raisons par lesquelles j'ai prétendu établir la supériorité des Pléſions étoient auſſi bonnes qu'elles me l'ont paru, mon ouvrage ſeroit à peu près parfait : & ſans doute je n'ai pas été mis dans ce monde pour lui faire voir un phénomene ſi ſingulier. Mais le ſyſtème n'a pas beſoin de ce prodige : que des preuves que j'ai entaſſées, & auxquelles on n'en oppoſe aucune en faveur de la méthode ordinaire, une partie ſoit bonne, le reſte au deſſous du médiocre, il ſera toujours prouvé qu'en tout les Pléſions valent mieux que les Bataillons ; qu'elles ſont ſûres, quoique inférieures, de les battre aiſément dans la plûpart des circonſtances poſſibles, & qu'il n'en eſt aucune ſi déſavantageuſe pour elles, qu'à nombre égal, elles ne ſoient au moins égales en force. Il y a donc mille raiſons de quitter l'ancien ſyſtême pour le nouveau, aucune de s'en tenir au premier.

Mais des raiſons ne ſuffiſent pas pour déterminer à un ſi grand changement, & je n'ai garde de propoſer dans ce moment de transformer en Pléſions tous les Bataillons de France. Il faudroit, pour en venir là, être convaincu de l'excellence de la nouvelle Tactique, à un point qui n'eſt pas encore poſſible. Sur le papier, cela ne va pas ſi vîte. Auſſi, quoique mon ouvrage ait eu plus de ſuccès que je ne l'eſpérois, me bornerai-je à demander qu'on ſoupçonne ſeulement que je pourrois bien avoir raiſon, & que doutant de ce que j'ai cru démontrer, on faſſe ce qu'il eſt très-naturel & très-raiſonnable de faire quand on doute.

Il n'eſt rien de ſi important dans l'Art de la Guerre, que l'ordonnance habituelle qu'on peut appeller, comme j'ai fait ordinairement, le ſyſtême général de Tactique : c'eſt la ſource de toutes les manœuvres, l'inſtrument de toutes les opérations, & par conſéquent la cauſe premiere de tous les ſuccès. On doit donc donner à cet objet une continuelle attention, & ne négliger aucun moyen de le perfectionner. Ou si le sytstême que l'on tient de ses prédécesseurs n'est pas susceptible à certain point de cette perfection, il faut le sacrifier sans regret à un meilleur, & dès qu'il s'en présente un qu'on peut soupçonner d'être ce meilleur, lui faire au moins la grace de l'examiner, pour l'adopter si l'on voit qu'il mérite la préférence.

Ce principe incontestable établi, voyons si les Pléfions font supérieures aux Bataillons. La Géométrie, les Anciens, les principes qui enfin commencent à reprendre le dessus, prononcent hautement en faveur des premieres. C'est quelque chose : mais cela ne suffit pas. Consultons l'expérience.

La théorie n'est regardée comme une chimere que par ceux qui n'ont pas l'honneur de la connoître, & ne mene à l'erreur que ceux qui ne la connoissent pas assez particuliérement : mais ceux mêmes qui sont au dessus de ses illusions, n'ont pas en elle, ou plutôt en eux-mêmes, une confiance assez parfaite pour bouleverser tout sur sa parole ; & ils ont grande raison. En affaire de cette importance, on ne peut agir trop prudemment ; & quand mon ouvrage seroit mieux fait & plus séduisant, ce seroit se déterminer légérement, que de mettre en Pléfions toute l'Infanterie, avant que l'expérience ait reconnu dans cette ordonnance la supériorité qu'elle prétend de l'aveu de la théorie. Il faut donc la faire cette expérience : autrement cette idée, bonne ou mauvaise, ne servira jamais à rien. D'habiles gens en raisonneront : mais comme ils ne seront pas tous d'accord, cela ne décidera pas la question. Si on n'avoit jamais employé la bayonnette, on disputeroit encore pour sçavoir si elle est bonne à quelque chose ; ou plutôt on auroit oublié cette invention comme bien d'autres, dont plusieurs sans doute nous étonneroient par leur utilité, si elles pouvoient sortir du néant où les replongerent l'indifférence de ceux à qui elles furent proposées, ou la nonchalance & la timidité de leurs Inventeurs.

Si jamais expérience valut la peine de la faire, c'est assurément celle que je propose : on devroit même la faire, quand le succès en seroit plus douteux. Car enfin, si elle réussit, il y a tout à gagner ; nous aurons sur nos ennemis une supériorité démesurée, jusqu'à ce qu'ils prennent le même système, ce qui ne se fera certainement pas tout d'un coup, peut-être de long-temps, peut-être jamais : lors même qu'ils l'auront pris, il nous restera encore une partie de notre avantage, par les raisons qu'on a vues en plusieurs endroits, & particuliérement à l'Article III, § 11. Si au contraire l'expérience ne réussit pas, qu'en arrivera-t'il ? Que le corps qui en sera chargé fera moins qu'il n'eût fait dans l'ordre ordinaire, peut-être même se fera battre, & que rebuté par ce mauvais succès, on le fera dans la suite combattre comme les autres. Voilà tout : pesons le bien & le mal possibles. D'un côté une suite de succès incroyables jusqu'à ce qu'on les ait vus; de l'autre une petite disgrace pour un ou deux Régimens. Il est donc de l'intérêt de l'Etat & de la plus grande importance, de faire l'expérience que je propose. La vigilance d'un Ministre attentif à tout ce qui peut contribuer à la perfection de notre Milice, lui en a fait ordonner ou permettre plusieurs depuis quelques années, en quoi il a mérité la reconnoissance de la Nation. Mais je ne crains pas de dire que, quoiqu'elles fussent toutes très-bonnes à faire, il y en a peu qui ne fussent des bagatelles en comparaison de celle-ci. Car enfin il ne s'agit pas ici de choisir entre telle ou telle autre maniere de tirer ou de marcher : il s'agit de sçavoir si, laissant aux Grecs, aux Romains & aux Modernes, les systêmes qui leur furent particuliers, les François vont mettre sur la scene une quatrieme ordonnance supérieure aux trois autres, & supérieure principalement à celle qu'elle aura à combattre. Que de gens riroient de ces idées gigantesques, prévenus contre toutes ces belles grandes imaginations par ce principe trop répété, qu'il faut bien se conformer à l'ordre de ses ennemis : axiome aussi parfaitement faux, qu'aucun autre dont on puisse s'aviser. Pourquoi prendre le ton de l'ennemi, plutôt que le lui donner ? Pourquoi l'imiter si on peut faire mieux ? *Servons à tous d'exemple, & n'imitons personne.*

§ II.

Quelques idées sur l'expérience proposée.

Voulant faire une expérience sur la partie fondamentale de
l'Art

l'Art Militaire, fur celle qui peut donner à la Nation la même fupériorité que, travaillant fur le même objet, donna Philippe aux Macédoniens, il faut la faire avec foin, & de la maniere la plus propre à la faire réuffir. Autrement ce feroit une dé-marche inutile, & non pas une véritable expérience. Ce n'eft pas à moi à apprendre à ceux pour qui j'écris, comment ils doivent s'y prendre. Je n'en fuis pas en peine : elle eft en bonnes mains, & fans doute fe fera toujours très-bien. C'eft leur affaire d'ailleurs, puifque, comme dit Homere, un bon avis devient le vôtre dès que vous le fuivez ; & que fi jamais les Pléfions leur donnent des victoires, ils verront du haut de leur char l'Auteur *bien content* dans la foule. Malgré ces raifons de s'en repofer entiérement fur eux, peut-être permettront-ils à un homme tout rempli de Pléfions, de hazarder quelques idées dont ils feront tel ufage & tel cas qu'ils jugeront à pro-pos.

Je crois qu'une expérience faite dans un camp de paix, ne feroit pas de grande utilité. Sans doute elle réuffiroit, pourvu qu'on la fît bien ; mais elle ne convaincroit pas de la bonté du fyftême, n'arrêteroit pas le torrent des contradictions, n'empêcheroit pas le grand nombre de dire, felon l'ufage, que *devant l'ennemi* ces belles idées brilleroient un peu moins. De pareilles épreuves font traitées elles-mêmes de fpéculation ; & les gens les moins prévenus ne feroient jamais, d'après ces épreu-ves, aucun changement confidérable, fans les avoir répétées à la guerre. Que nous apprendroit l'expérience d'exercice? Que les manœuvres du nouveau fyftême font très-poffibles, & même très-faciles. Nous fçavons cela. S'il y en a quelqu'une dont on puiffe, fans pouffer trop loin l'incrédulité, douter jufqu'à ce qu'on l'ait vue, c'eft chofe qui n'eft pas fi effentielle à ce fyf-tême, qu'il ne puiffe y renoncer, confervant fa fupériorité.

S'il falloit des exemples de l'inutilité des expériences faites en paix, nous n'irions pas en chercher bien loin de ce Mé-moire. Une expérience n'eft utile, qu'autant qu'elle eft affez folemnelle : pour qu'elle foit folemnelle, il faut du fang en-nemi. Quand on aura éprouvé les Pléfions de cette maniere, les oppofans n'argumenteront plus : ceux qui n'ont pas pris parti ne douteront plus ; ceux qui goûtent le nouveau fyftême,

L

le diront d'un ton plus haut : enfin on pourra s'y livrer sans crainte, & l'adopter plus amplement.

Les expériences trop en grand seroient les plus dangereuses, si danger y avoit : une expérience trop en petit ne dit rien. Je voudrois donc au moins trois Pléfions. En faisant cette épreuve on a deux objets à remplir ; premiérement, de voir par la pratique, si cette ordonnance est réellement préférable, comme elle l'a prétendu ; en second lieu, d'en tirer pour le moment tout le service qu'elle peut rendre, & tout l'avantage qu'elle peut donner, en attendant que les premiers succès ayent déterminé à adopter pleinement ce système. Une seule Pléfion rempliroit mal ces deux objets, deux ne les rempliroient pas très-bien.

Une des principales propriétés de cette ordonnance, c'est de n'être point clouée dans la ligne par la foiblesse des flancs, & de pouvoir s'en détacher sans crainte. Cette manœuvre, qui, pour les Pléfions, n'a rien de dangereux, sera dans bien des circonstances de la plus grande utilité, comme on l'a vu en plusieurs endroits ; & comme on le verra encore dans la Section suivante. Mais si on proposoit à une seule Pléfion de s'élancer ainsi sur la ligne ennemie, elle se trouveroit un peu isolée, & pourroit s'étonner & ne pas faire tout ce dont elle seroit capable. C'est ce qui arrive dans les sorties des places assiégées : les petites ne font que se montrer, les grandes détruisent.

Une Pléfion a bien de l'avantage contre un Bataillon, & est bien sûre de le battre : mais si à ce seul Bataillon on oppose trois Pléfions, ces avantages sont triplés, sa défaite encore plus aisée, sa fuite presque impossible devant une inondation de Grenadiers à pied & à cheval, qui se répandent de toutes parts sur ses débris. Si ce Bataillon a osé attendre la charge, il est abîmé. La plus importante propriété de notre système, est cette facilité d'attaquer dans quelques parties avec une supériorité excessive. Il faut donc le mettre en état de se la donner. Si l'on veut que trois Pléfions puissent attaquer un Bataillon ennemi, il faut les avoir. Il faut même la première fois que les Pléfions entreront en lice, leur donner cette supériorité, &, pour leur coup d'essai, les faire combattre dans leur plus grand avantage. La facilité de cette premiere expédition, qui d'ailleurs, comme on va le voir, en fera beaucoup plus brillante, donnera tout d'abord aux Soldats une confiance fans bornes dans cette ordonnance; ils feront les premiers à dire que, pour écrafer un miférable Bataillon, il ne falloit pas tant de cérémonie, & on les amenera très-promptement à attaquer avec prefque autant de mépris des ennemis même fupérieurs.

On a vu dans le Projet de Tactique, & encore dans ce Mémoire, avec quelle facilité les Pléfions fe multiplient dans le combat, pour pouvoir, auffi-tôt après avoir fait leur trou dans la ligne ennemie, courir rapidement à droite & à gauche dans les flancs des Bataillons qui tiennent encore, culbutant tout ce qu'elles rencontrent, fouvent même pour attaquer & percer la feconde ligne, en même tems qu'elles font dans la premiere tout ce ravage. Pour profiter pleinement d'une propriété fi finguliere & fi importante, il faut trois Pléfions. Avec ce nombre on fera en état, dès qu'on aura percé, d'envoyer contre la feconde ligne la Pléfion du centre, avec fes Grenadiers à pied & les Grenadiers à cheval de toutes les trois. C'en fera plus qu'il n'en faudra pour percer le Bataillon à qui elle s'adreffera. Cependant les Pléfions de droite & de gauche reftant dans la premiere ligne, la balayeront chacune de fon côté, portant deux pléfionnettes de front dans les flancs de tous les corps ennemis. Si notre ligne fuit de près, une pléfionnette fuffira de chaque côté pour ouvrir la breche en l'attendant; & la premiere pléfionnette de chacune des Pléfions latérales, marchera à la feconde ligne avec la Pléfion du centre. Il eft, felon les circonftances, mille autres manœuvres fort fûres & fort utiles pour les Pléfions, mais qui ne peuvent s'exécuter fi l'on n'en a au moins trois.

Pour bien faire l'expérience, il ne faut pas du foir au matin en charger au hazard le premier Régiment : il faut lui donner le temps de fe familiarifer avec cette Ordonnance, de connoître les manœuvres qui lui font particulieres, & d'y prendre confiance. En un mot, il faut que la Pléfion ait été quelque temps fon ordre habituel. Je penfe bien qu'un Régiment quelconque, à qui on fera former la colonne, renverfera facilement le corps ennemi à qui il aura affaire : mais je ne fuis pas moins perfuadé qu'il ne fera point une véritable expérience de ce fyftême, & qu'une troupe pour qui cette forme ne fera qu'accidentelle, ne fera jamais ce que feroit une troupe égale dont elle feroit l'ordre habituel. C'eft ce que j'ai prouvé par affez de raifons, Article IV, § V, & ailleurs : j'y renvoie pour ne pas alonger inutilement celui-ci.

De quelque maniere qu'on faffe l'expérience, il faut former des Pléfions fur le modele de celles du projet : autrement elles n'auroient ni les mêmes manœuvres, ni les mêmes propriétés. Qu'elles foient un peu plus fortes ou plus foibles, cela y fait peu de chofe : mais il faut du moins qu'elles aient leurs deux dimenfions à peu près dans le même rapport, les mêmes accompagnemens, & furtout les mêmes divifions.

§ III.

Quelques Corps habituellement en Pléfions, feroient fort utiles dans une Armée.

Si, pour perfuader de mettre quelques troupes habituellement en Pléfions, je ne préfentois d'autre objet que celui de l'expérience à faire, pour voir fi l'on doit quitter entiérement le fyftême ufité pour prendre celui-ci, je ne réuffirois pas auprès d'un grand nombre de Lecteurs. Un pareil deffein, vu dans l'éloignement, ne peut manquer de paroître chimérique ; & peut-être ferois-je auffi bien de diffimuler que j'ofe prévoir cette révolution générale. Ecartons donc pour un moment cette idée d'expérience & de changement univerfel, pour confidérer un corps de Pléfions par rapport à lui-même, ne penfant qu'à fon utilité actuelle dans une armée de Bataillons ; nous appercevrons aifément combien elle en retirera de fervice & d'avantages. C'eft lui qui, lorfqu'elle aura un flanc découvert & débordé, mettra cette partie à l'abri des accidens, qui fans lui ne manqueroient pas d'en arriver, & de caufer la perte de la bataille. C'eft lui, qui lorfqu'on voudra faire effort dans quelque partie, après avoir renverfé facilement un malheureux Bataillon qu'il chargeoit avec des forces quadruples, renverfant plus facilement encore les Bataillons adjacents, ouvrira

la breche tout au moins de 180 toifes par minute, fans que la
feconde ligne Ennemie puiffe l'empêcher en aucune maniere,
comme on l'a vu dans le projet de Tactique, fouvent même,
comme on l'a vu il y a un moment, percera en même-temps
cette feconde ligne, & l'ouvrira auffi amplement que la premiere. C'eft lui qui, lorfque l'ennemi fera remparé de quelques obftacles, comme haies, ruiffeaux ou ravins, pénétrera
par le premier petit paffage bon ou mauvais, peu en peine
d'être débordé, & fans beaucoup s'informer fi la ligne peut le
fuivre ; puis après avoir pouffé les corps qui étoient en face
de la trouée, marchera aux flancs des autres, pour les ôter du
bord de leur ravin, & donner à nos Bataillons le moyen de
paffer librement fur un plus grand front. Dans une partie de
terrein ferré, où par exemple, il n'y ait place que pour trois
Bataillons, on en mettra deux auxquels on joindra trois Pléfions qui en valent quatre, & ne tiennent que la place d'un
feul ; on fe trouvera donc fupérieur de moitié ; & l'ennemi
après fa défaite, fera pouffé tout autrement que s'il n'avoit eu
affaire qu'à des bataillons. En un mot, car je ne peux pas ici
copier un volume, dans toutes les opérations de la guerre, dans
toutes les circonftances poffibles, ce corps de Pléfions fera fort
utile, dans la plûpart infiniment plus qu'aucun autre : & quand
il y en auroit quelqu'une où cela ne feroit pas, ce que je n'ai
garde d'avouer, l'armée dans laquelle il fe trouvera, feroit bien
fouvent & bien amplement dédommagée de fa très-rare inutilité.

Quand donc le fyftême ne feroit pas bon à fuivre entiérement, comme je l'ai propofé jufqu'ici, il feroit toujours très-
avantageux d'avoir quelques Pléfions dans une Armée. C'eft ce
que je crois difficile de défavouer : car les raifons, bonnes ou
mauvaifes, qui pourroient faire rejetter la totalité du projet,
ne font d'aucune confidération contre cette partie : les objections dont on s'eft avifé, & dont on s'avifera, quand elles prouveroient qu'il ne faut pas quitter l'ancienne méthode pour la
nouvelle, ne prouveroient jamais que quelques troupes dans
cet ordre ne feroient pas de grande utilité. En effet, toutes ces
objections fe réduifent à deux, retournées de différentes manieres ; la colonne eft débordée, & n'eft point propre à la mouf-

queterie. Si à ces deux objections on joint ces deux autres, dont on s'est avisé voyant que les premieres ne réussissoient pas, que nous faisons la colonne trop générale, & qu'elle sera détruite par le canon, on a l'abrégé de toutes les critiques passées, présentes & à venir de ce systême. Laissant les réponses qui les ont tant de fois anéanties, il faut remarquer par rapport à quelques Plésions dans une armée de Bataillons : 1°. qu'elles ne seront point débordées, puisqu'elles seront enchâssées dans la ligne, hors le seul cas où on les aura placées à la pointe de l'aîle pour couvrir un flanc débordé, circonstance dans laquelle des Bataillons à leur place ne le seroient pas moins : 2°. que quand il ne seroit pas vrai qu'elles donneront au besoin un feu plus vif & plus meurtrier que des Bataillons, quand elles seroient même absolument inutiles dans un combat de mousqueterie, ce ne seroit point une raison de n'en pas avoir si elles étoient fort utiles dans les autres occasions ; ou que par la même raison il faudroit supprimer entiérement la Cavalerie : 3°. que quand la colonne seroit trop générale dans le projet de Tactique, dans le Commentaire de Polybe, & même dans le Mémoire du Chevalier de Rostaing, on ne pourroit pas apparemment la trouver aussi trop universelle dans une armée qui sur cent Bataillons auroit trois Plésions : 4°. que si, comme je l'ai prouvé, l'Artillerie n'est pas fort à craindre pour une armée de Plésions, à moins qu'on ne suppose dans les Canonniers ennemis une justesse que bien des circonstances rendent impossible, & qui indépendamment de ces circonstances ne s'y trouve jamais, puisqu'un Bataillon essuie quelque temps le feu du canon sans être anéanti, la justesse nécessaire pour faire à un seul corps de Plésions tout le mal dont on le menace, est bien moins possible encore, puisque l'ennemi ne sçaura jamais où elles sont, & quand il le sçauroit, ne les appercevroit distinctement que dans un moment où elles n'ont plus guere de feu à essuyer.

Aux raisons qui m'ont paru devoir déterminer à mettre habituellement en Plésions du moins quelques troupes dans une armée, j'en ajouterai une, qui, quoiqu'elle leur soit un peu étrangere, me paroît mériter quelque attention. Jusqu'ici on a dit souvent que la colonne seroit fort utile dans bien des cas,

& on ne l'a pas employée ; quand on verra les Pléſions on le dira plus ſouvent, & on l'emploiera quelquefois : cette Ordonnance trop long-temps reſtée dans la claſſe des problêmes, deviendra plus familiere par la réalité. Les autres troupes lorſqu'elles formeront la colonne, prendront la façon de charger des Pléſions habituelles, leur maniere de faire uſage des pelotons détachés, même quelques-unes de leurs plus importantes manœuvres. Si on ne va pas juſques-là, du moins les voyant dans la conſtante habitude de courir à l'ennemi *à la Françoiſe* *, & ſans tirer un coup, lui paſſer ſur le ventre en toute occaſion, ſans même beaucoup ſouffrir de ſon feu ſi vanté, on aura dequoi ſe confirmer dans ce mépris de la mouſqueterie, & cette confiance en l'arme blanche, qui nous firent gagner tant de batailles, & nous en feront bien gagner encore.

§ IV.

Des raiſons qu'on peut oppoſer à l'expérience propoſée.

Une circonſtance bien propre à favoriſer mon projet, fera un effet très-différent ſur la plûpart de ceux qui l'examineront ; d'autant plus que je ne peux ici leur faire faire les obſervations néceſſaires, & que vraiſemblablement ils ne prendront pas la peine de les faire eux-mêmes. Tout ce que je peux répondre pour le moment à une objection qui eſt la plus forte de mes preuves, c'eſt que je n'ai point prétendu, par ce Mémoire, perſuader de faire un changement dont le temps n'eſt pas arrivé, mais ſeulement prouver qu'il ſeroit avantageux d'avoir quelques troupes habituellement en Pléſions, tant pour faire l'épreuve de ce ſyſtême comme elle doit être faite, que pour le ſervice qu'on en tireroit tout en la faiſant. Que la premiere de ces deux raiſons ſoit comptée pour rien, qu'on cede à la ſeconde ; à la bonne heure : cela nous mene toujours au but.

Si je pouvois deviner tout ce qu'on oppoſera à l'expérience que je propoſe, j'eſpere que j'y répondrois ; mais j'avoue que je me creuſe inutilement la cervelle ſans prévoir d'objections, mêmes apparentes. En voici pourtant deux que je préviendrai comme ſi elles étoient meilleures.

* Ces deux mots ſerviroient aſſez bien de deviſe aux drapeaux des Pléſions.

La premiere, c'eſt que le ſuccès de cette expérience eſt fort douteux, & que j'ai beau dire que quand elle ne réuſſiroit pas, il n'y auroit rien à perdre; qu'il eſt certain qu'on perdroit toujours en ce cas une partie de ceux qui la faiſoient, qu'il y auroit autant d'inhumanité que d'imprudence à mettre en péril, *unius ob noxam & furias*; que d'ailleurs ce danger ne ſeroit pas pour eux ſeuls, puiſque la défaite d'un ſeul corps entraîne quelquefois la perte d'une bataille.

Le ſuccès de l'expérience n'eſt point douteux; je crois l'avoir prouvé, autant que cela ſe pouvoit faire, autrement que par elle-même. Qu'on n'en ait pas la même idée que moi, cela eſt tout naturel; ayant les preuves & les reſſources du ſyſtême dans la tête plus qu'un autre, je dois être le plus convaincu: mais ſi on ne l'eſt pas au même point, c'eſt pour cela préciſément qu'il faut faire l'expérience. Si on ne doutoit point du tout de la ſupériorité de la nouvelle Tactique, on n'auroit pas beſoin de l'éprouver, & la premiere choſe qu'on feroit ſeroit de l'adopter entiérement. C'eſt trop s'exagérer le danger de l'expérience, & pouſſer la prévoyance au-delà de ſes bornes, que de craindre que la défaite du corps mis en Pléſions ne cauſe la perte d'une bataille. Il eſt aiſé d'ailleurs de rendre ce malheur abſolument impoſſible. Si on a aſſez peu de confiance en elles pour douter qu'elles renverſent le Bataillon prédeſtiné qui en aura les prémices, il faut la premiere fois qu'on les mettra en place de donner d'elles une meilleure idée, les compter pour rien, & prévoyant leur défaite, mettre en arriere en interligne un Bataillon ou deux Eſcadrons pour remplir la trouée que laiſſera leur fuite: à ce moyen elles pourront ſe faire battre ſans qu'il y paroiſſe, & l'ordre de bataille ſera le moment d'après tel qu'il ſeroit ſi on n'avoit jamais penſé à elles. Le danger de l'expérience ne regardera donc point du tout l'armée, mais uniquement le corps qui en ſera chargé: & qu'eſt-ce que ce danger? Eſt-il vraiſemblable ou ſeulement poſſible que ce corps ſoit détruit dans un combat ſi court? Il eſt inconteſtable que, même ne réuſſiſſant pas, il ne ſera jamais une grande perte: mais, telle qu'on veuille la ſuppoſer, que ſera-ce pour la France en comparaiſon de ce que le ſuccès qu'on doit eſpérer lui donneroit d'avantages?

La

La feconde objection qui nous refte à examiner, me regarde perfonnellement : je ne laifferois pas pourtant d'y répondre comme s'il s'agiffoit d'une autre, fi dans ce moment je ne parlois en public : mais quoique cette circonftance foit un peu gênante, elle ne m'obligera pas de paffer entiérement fous filence une idée qui pourroit nuire à mon projet; car il eft & doit être ma premiere affaire; & la timidité, fort aimable d'ailleurs, n'eft pas un bon moyen de perfuader.

On dira donc qu'une pareille imagination ne mérite pas d'être examinée & difcutée férieufement ; que c'eft l'écart d'une jeune tête plus remplie d'ambition que de talent, qui, n'ayant rien à perdre, rifque une extravagance, pour donner à fon petit amour-propre le plaifir de voir fes idées figurer dans le monde, peut-être même en efpere fa fortune; que la Cour ne doit pas donner là-dedans, & auroit fort à faire s'il falloit éprouver tout ce qu'on lui propofe, &c. Ainfi raifonne, pour l'ordinaire, le grand nombre, & un pauvre *faifeur de fyftéme* fe voit regardé tant qu'il le propofe, à-peu-près des mêmes yeux qu'un Plaideur qui follicite. Que faire à tout cela ? Prendre patience, & penfer, pour fe confoler, que fans ces petits défagrémens, une idée *heureufe* feroit auffi un trop grand bonheur, furtout pour quelqu'un qui, fans fauffe modeftie, doit s'étonner qu'elle fe foit adreffée à lui, pouvant fe loger dans tant de meilleures têtes.

Mais laiffant cela pour répondre à l'objection, j'avouerai fans me faire prier, que je crois avoir grand intérêt à ce qu'on goûte mon projet, étant bien convaincu que le fuccès qui s'en-fuivra, me fera tout au moins grand plaifir. Je ne vois pas à la vérité que ce foit une raifon de le méprifer ; car il faudroit donc les méprifer tous, fans diftinction de l'excellent & du déteftable, puifque ceux qui les préfentent ont toujours à les faire goûter ce même intérêt fi fufpect. C'eft aux lumieres de ceux à qui on propofe un projet, d'examiner fans intérêt, & furtout fans prévention, s'il eft bon ou mauvais. Mais en attendant l'examen, on conçoit que les Pléfions, par exemple, pourroient très-bien donner cent victoires à la France, quoique j'en fuffe fort aife. Cela n'implique point contradiction, ce me femble.

M

A l'égard de ce qu'on peut dire, que l'on auroit de quoi s'exercer, fi on vouloit éprouver toutes les idées qui fe préfentent, je n'ai qu'un mot à répondre. Combien a-t'on propofé de fyftêmes généraux de Tactique, depuis l'établiffement de la Monarchie? Tout ce qui peut être utile eft fait pour n'être pas négligé; mais quand il feroit raifonnable de laiffer là une idée nouvelle, avant de s'être bien affuré qu'elle n'eft bonne à rien, on devroit fans doute traiter un peu moins légérement celles qui, par la grandeur & l'importance de leur objet, ont droit de *prétendre* à l'examen le plus férieux & le plus *complet.* Si cette grandeur même de leur objet étonne d'abord, cela ne doit point engager à les rejetter, mais feulement à s'y livrer avec précaution, & en effayer d'abord en petit, pour ne leur donner toute leur étendue, que lorfque l'expérience fera le garant du fuccès. S'y prenant ainfi, on peut travailler à perfectionner la partie fondamentale de l'art de la guerre, fans plus d'inquiétude ni de danger, que s'il n'étoit queftion que d'une petite piece de détail: mais ce feroit empiéter fur les droits du Vulgaire, que de regarder fur la feule infpection, toute fingularité comme un monftre, tout projet vafte comme une folie.

FIN.

9 782011 343789